印加最後的獨白

—— 蟾蜍山萬盛草齋詩稿

陳福成著

文學叢刊
文史哲出版社印行

國家圖書館出版品預行編目資料

印加最後的獨白：蟾蜍山萬盛草齋詩稿 /
陳福成著. -- 初版 -- 臺北市：
文史哲, 民 109.06
頁； 公分. --（文學叢刊；423）
ISBN 978-986-314-514-1（平裝）

1.新詩 2.詩評

820.9108 109007966

文學叢刊 423

印加最後的獨白

—— 蟾蜍山萬盛草齋詩稿

著者：陳福成
出版者：文史哲出版社
http:// www.lapen.com.tw
e-mail：lapen@ms74.hinet.net
登記證字號：行政院新聞局版臺業字五三三七號
發行人：彭正雄
發行所：文史哲出版社
印刷者：文史哲出版社
臺北市羅斯福路一段七十二巷四號
郵政劃撥帳號：一六一八〇一七五
電話886-2-23511028・傳真886-2-23965656

定價新臺幣四〇〇元

二〇二〇年（民一〇九）六月初版

ISBN 978-986-314-514-1 10423

自序：寫作人生一發不可收拾

從少年寫到老年，至今仍不可收拾，有如剎車失靈的車子，手上的筆只顧向前衝，自己的手管不住手上的筆，抽不了手！這可怎麼辦？

沒有刻意去記住，這到底是一百第五十幾本了，每天有空就寫，運動娛樂應酬之外，就是寫作，不久又出現一本，生活就是寫作，寫作就是生活。

很多原因沒有學會各種退休人員打發時間的方法。例如跳舞、打牌、旅遊、唱歌、喝酒……很多老友、老同學，每天在舞場抱著美女逢車逢車、在四健會、一國到一國玩、泡KTV、喝酒……我竟不想也不會，只有少數團體和好友相聚活動等（如書前照片）。

我最愛的還是寫作，是人生中最有意義的事。

打發漫長的退休時光，以寫作和爬山最佳，現代的跟團旅行極為膚淺，了無意義，我從不參加。再者，這個世界對我而言，已失去吸引力和好奇心，只有寫作的世界最神奇！

最近眼睛黃斑部開刀，似自己用眼太多嗎？要開始強迫自己的筆，減少寫作時間，文章寫不盡。從二〇二〇年開始，每年寫作不要超過三、四本左右。

本書十多篇文章詩論、詩，都是近六七年來兩岸文壇酬酢書寫，整為一冊出版，以免散失。

台北公館蟾蜍山　萬盛草堂主人　陳福成

誌於西元二〇一九年八月佛曆二五六二年

印加最後的獨白
——蟾蜍山萬盛草齋詩稿

目　次

福成詩兄巨筆完成九冊詩人傳記
筆力透史冊
華文現代詩刊全體編委感恩
二○一八年八月

「筆力透史冊」，史筆再磨一百年

作者與詩人林錫嘉（右），二○一八年。

於文史哲出版社合影，右起：彭雅雲小姐、陳福成、吳元俊、林錫嘉、彭正雄，二〇一八年。

《華文現代詩》點將錄出版，在春天素食餐叙，左起：社長鄭雅文小姐、劉正偉、陳寧貴、許其正、陳福成、彭正雄、莫渝、林錫嘉。

作者（前排左一）於歐洲大學講說〈范蠡之學〉，二〇一九年。

二〇一八年「九九重陽」，老作家們團聚。

文史哲出版社負責人彭正雄夫婦「鑽石婚」與台大教官同慶賀。二〇一八年十月

台大主任教官老友們合影，總教官李長嘯將軍(左三)。二〇一八年十月

台大教官們合影，彭正雄(前排右三)非教官 (「619 砲戰英雄」，於 2016 獲「榮民」尊銜)，2018 年

台大退聯會老友，左三是新任理事長楊華洲先生，二〇一八年底。

台大退聯會同樂會，二〇一八年。

台大退聯會理監事會年終餐叙，二〇一八年。

台大退聯會第12屆理監事會，選出新任理事長楊華洲先生(前中)，二〇一八年底。

台大秘書室志工校園活動，二〇一八年)

2018 年校慶在校門口值班

陸官 44 期老同學，2017 年冬。

台大秘書室志工餐叙，二〇一八年。

陸官44期老同學，二〇一八年春。

陸官44期老同學，二〇一九年春。

作者於「歐洲大學」賣知識！二〇一八年春。

燒包一下可以嗎？老夫也不差嘛！　在歐洲大學賣知識，同學們好熱情

作者於歐洲大學賣知識，同學們好熱情，二〇一七年。

作者有滿懷寶貝，積極貢出！

向台獨偽政權抗議，要校長。
二〇一八年春

向台獨偽政權抗議，要校長。
二〇一八年春

向台獨偽政權抗議，要校長。
二〇一八年春

向台獨偽政權抗議，
二〇一八年全年。

回顧往昔，二〇〇九年十一月，
於重慶西南大學。

三兄弟杏花林走春，2017 年

作者與彭公同遊台大校園，2018 年

二〇一九年春，台大秘書室志工木柵茶園遠足。

吉他之歌好彈，人生之歌難唱！

台大「鹿鳴堂」關店前合影，2018 年春。

作者兩個妹妹（前左一及二排左三）繁殖這麼多後代，二〇一八年。

作者和劉焦智，二〇一〇年。

詩友相見歡，二〇一九詩人節。

大人物公司好友群，二〇一九年夏。

華文現代詩五週年詩獎頒獎典禮合影，二〇一九年六月七日。

偶遇丘衛邦將軍(中)，2019 春。

台大退休教官餐會，2019 年春。

「黃昏六老加四」餐叙。

台大退聯會木柵茶園遠足
二○一九年夏

台北市中庸學會康樂活動
二○一九年夏

作者於猫空纜車上彈吉他

（左圖）大舜的故鄉，2010 年山西

三兄弟與山西劉焦智
二〇一〇年山西

印加最後的獨白——國王阿塔瓦爾帕之死

題記：南美洲的印加大帝國，到十六世紀時，阿塔瓦爾帕國王在位，國勢達到頂峰。不料歷史發展太詭異了，一五三二年，西班牙野人首領法蘭西斯科・皮薩羅（Francisco Pizarro, 1478-1541），率一百六十八個野人帶著槍砲到印加（今之祕魯）。就在十一月十六日，星期六午後，將阿塔瓦爾帕及六千衛士騙到一個大廣場，一場大屠殺，印加大帝國，亡於不清不楚……亡於阿塔瓦爾帕和他的臣民堅持不改信基督教。

1

人類的記憶裡
有幾頁關於印加的？
還有關於阿塔瓦爾帕的

以及法蘭西斯科・皮薩羅
你們都忘記了
忘記了罪人和罪惡
只記得權力和財富
難到歷史只記載權力和財富嗎？
而罪惡可以被遺忘
大屠殺是上帝的旨意嗎？
耶和華和瑪麗亞下過命令嗎？
來吧！把耳朵貼緊祕魯的大地
那記憶仍在
傾聽安第斯山脈山神怎麼說
太陽神也都還在
印加的神是不會說謊的
人的眼睛都雪亮嗎？

我是誰？
我是印加的王，阿塔瓦爾帕
我的族人天生都是王
我的父親叫瓦伊納・卡帕克
整個世界就是印加
印加就是整個世界
印加以外沒有世界存在
然而，法蘭西斯科・皮薩羅
你們是那裡冒出來的
奪走所有的黃金
還亡了我的國

2

我至今不明白
也不相信

我的印加大帝國是怎麼亡的
我的領導階層有十萬精英
二十萬大軍
統治著一千萬子民
而你們
不過是一百六十八個西班牙野人
對了，就在一五三二年十一月十六日
這天正好星期六
你，法蘭西斯科・皮薩羅
約本王到「廣場」喝下午茶
我帶六千英勇衛士赴約
誰知道這是個陷阱
從下午兩點到黃昏
六千衛士俱被屠殺
因為我堅持不改信基督教

本王成了你的俘虜
印加末日就在眼前
我交出所有黃金
幾十大屋子的黃金
換不到活命機會
換不到印加可以不亡
存亡本來不決定在黃金多少
基督教的神才是決定因素
凡是不信基督者
全部屠殺
這是本王死後才知道的

3

我的心情很複雜
太陽神死於基督之手

我要恨誰？
恨你、恨命運
最該恨的是自己
這麼輕易就上了野人的當

在我當俘虜期間
你說交出黃金就留我老命
我和我的臣民
把藏在安地斯山和底底客客湖的金條
全部拿出來
醇酒和美女
也全歸你享用
還想要換取一條老命
我太天真了
印加千萬人中最該死的就是本王

我死後才懺悔
只求再死一次
如今，我的靈魂，幾百年了
仍在底底客客湖畔留連
就像孤魂野鬼，不像國王
在太平洋沿岸飄、飄！飄！
死不甘心啊！大帝國亡於百餘野人
真是人類歷史的大笑話

不要後人知道我
不要歷史記得我
讓我永遠沉埋在比爾卡班巴的廢墟裡
我的游魂愛在自己的國土
在馬丘比丘、維特科斯和伊斯皮里圖大草原
偶爾散散步

誰叫那個叫賓漢的探險家
把所有秘密全挖了出來
罪人何必再見光！

4

今古所有的人們
有誰能告訴我
西班牙國王和王后
還有你們的基督
是慈悲的
那一個下午的大屠殺
血染紅了青山
流成血河
老彼得・勃魯蓋爾的油畫
《死亡的勝利》

29　印加最後獨白 — 國王阿塔瓦爾帕之死

還在馬德里普拉多博物館典藏著
死亡，是你們的財富
是我們的詛咒
你們的慈悲才是永恆的神話
基督就是兇手

失敗者無權祈求什麼
我對印加雖有功勛
印加因我而亡
所有印加死難的生靈
我對不起他們
也對不起我們的太陽神
無論後人怎麼詛咒我
叫我再死第二次、第三次……
我都願意

命運！
就算天命吧
我該死
但印加不該亡
印加是美洲最大帝國
人類古文明的窗口
印加亡了
是全人類的損失
至於我的死，已經無所謂了
天命是不能抗拒的

5

我懷念著十一月
南半球的夏季

我的國裡到處繁花似錦
江山如畫
懷念我們歷代的王
從維拉科查、帕查庫提，到圖帕克·阿馬魯
我們的族人子孫仍在祕魯等地
生活著，他們不知道統治他們的
正是兇手的後裔
能不感傷乎？

茫茫安地斯山脈
伊斯皮里圖大草原
與太陽神同高的馬丘比丘
壯麗依舊
只是朱顏改
功能也變了

政客用來觀光收銀子
印加子民後裔還是過著苦日子
山神都跑了
印加英靈仍在逃亡
太陽神也仍被基督
囚於馬丘比丘之廢墟
不能被人民知道太陽神還在
萬一太陽神復活了
基督、耶和華還有得混嗎
所以基督已判了太陽神無期徒刑
讓人民永遠不知道
太陽神是存在的

6

想起這些事

33 印加最後獨白 — 國王阿塔瓦爾帕之死

我心如刀割
雖說人死、國已亡
但人世間總該有點正義
神不在了
殺人的魔變成神
佔領我的子民
而子民仍未自覺
天下有比這更荒謬的事嗎？
有比這更違反正義嗎？

人死了還會做夢
你不相信
惡夢四百多年了
人生可以如夢
歷史不能如夢

歷史正義更不能如夢
我不相信我的國
已走到盡頭
我的四大汗國是永恆不死的
我阿塔瓦爾帕
我是印加的神
由我代表太陽神
令我的國生生不死

7

印加亡的不合正義原則
六千衛士死不瞑目
我死不甘心
印加所有靈魂都不甘心
我們的英靈

35　印加最後獨白——國王阿塔瓦爾帕之死

常在亞馬遜各渡口
在比爾卡班巴廢墟
在馬丘比丘的城堞
觀望、找尋
找尋復國的機會
或等待，等待子民的自覺
等待革命隊伍組建完成
我們才入土為安

這一天要等到什麼時候
印加的子民們
莫非是環境改變了你們的基因
因此難有覺性
歷史有盡頭
我的期待沒有盡頭

我可憐的印加子民
你們不該受到這樣的懲罰
你們無罪、純真

一切的回憶都是痛苦的
只有一回歡樂
竟是法蘭西斯科．皮薩羅安排的酒宴
就在一五三二年十一月十六日前幾夜
現在想起來
根本就是死亡酒會
皮薩羅擺出空前誠意
舉杯交盞，如交歡之迷醉
喝完酒你說
改天請你喝下午茶
這竟是大屠殺前

麻醉的酒宴
十六日的黃昏
太陽神下山
再也沒出現過
就連太陽四週的星星月亮
也全都死光了
屠殺了太陽
難到星星月亮也全殺了嗎？
就因星星和月亮不肯信仰基督
所以該殺
這就是所謂的西方文明嗎？

8

現在是我死後第四百二十七年
其實是很短暫的

才不久前的事
為什麼人們忘的光光
有如沒發生過的大屠殺
沒有人反省
祕魯庫斯科街道上的印加子民
貪窮又無助的眼神
如一把利劍
刺在我的心頭
四百年如是
心痛如是

西班牙屠夫和屠夫的子孫
你們統治了四百年
建設了什麼
我想起來了

西班牙女王伊莎貝拉給皮薩羅的
〈皇室授權書〉，白紙字寫著
每年呈繳皇室黃金若干
數百年依然有效
原來銀子都送到西班牙皇室
或進入野人的口袋
所以祕魯依然窮困
這是真相嗎？
這世界還有真相嗎？

9

靜夜最叫人受不了
月光沒有一點血色
因為月亮四百年來都是死的
星星閃著不甘心的眼神

因為星星四百年來死不瞑目
大屠殺讓印加回到石器時代
而西洋文明向禽獸時代的方向演化
演化成弱肉強食
流行成為一種普世價值
弱者該殺
弱者，誰叫你不圖強

印加的文明不是這樣
印加文化，才是最文明的文化
為什麼這種善良的文化文明
俱死於非命
不得好死
我雖是印加的王，並非全知
全知全能者是太陽神

但太陽神已被基督囚禁
我無言無語
就當個孤魂野鬼
永遠在底底客客湖畔垂釣
垂釣往日的夢
期許我的印加子民未來有夢
至於我，死不足惜
你們不須懷念我
等我有一天想通了
我會轉世，成為西班牙國王
那時大屠殺血案
必有一個合乎正義的處理
所有死難者在九泉之下才得安息
靈魂才得解救並不朽

我雖死的不明不白
我並不激動
基督的慈悲屠殺未終止
始終冷靜在思考、在反思
在喚醒
喚醒我的太陽神
也是印加子民的太陽神
只有太陽神醒來
才能阻止基督的大屠殺
制衡上帝的權力
人生只有一次
但我的靈魂永恆存在
別說四百年
就是四千年、四萬年
我恆不放棄喚醒太陽神的天命

天命，就是天命
我沒有別的選擇
終有一天，印加子民
以及所有安地斯山的生靈
將再度皈依太陽神

你們覺得可笑嗎？
這根本是不可能的任務
四千年、四萬年……
永無實踐之日
你們錯了，覺性是人本有的存在
不可能永遠被欺騙
未來有一天
當人發現，上帝的權力用來屠殺
屠殺所有的異教徒

人能不覺醒嗎？

用殺人建構文明
以屠殺異教徒建構教義
這是上帝的公正嗎？
是上帝的權力嗎？
基督何在？
耶和華何在？
瑪麗亞何在？
怎麼都不說話了？
一五三二年十一月十六日，星期六
這天在印加帝圖發生什麼事？
你們知道嗎？
是你們下的指令
「不信基督者，全部屠殺掉！」

你們的眾神都推說不知道
我知道了
週休二日，諸神放假

啊！我可憐的六千衛士
可憐的印加子民
劊子手、殺人犯的族裔仍統治著你們
天天在洗你們的腦子
我向陰陽兩界立誓
我的靈魂要成為革命者
生生世世都要執行
喚醒太陽神的天命
永不放棄自己的夢
我有自己的天命
也必了天命

我那裡也不去
我就留在我的印加
偶爾去視察馬丘比丘
或到比爾卡班巴看看村民的生活
或在底底客客湖垂釣夢想
等待復國的機會
我是誰
我是阿塔瓦爾帕
印加大帝國永恆的王
我是印加、印加是我

後記：二〇一一年間，我讀到《揚子江》詩刊上，邵燕祥的長詩，〈最後的獨白——劇詩片斷，關於斯大林的妻子娜捷日達·阿利盧耶娃之死〉，十節近五百行長詩。（註）她的靈魂終於獲得救贖，她雖絕望自殺，卻已可以安息，可以告慰，由於一個中國詩人的頌詩。

因著阿利盧耶娃的獲救，我想到我經常閱讀南美印加、馬丘比丘等史料，有一個國王我也可以救救他，四百多年了，可能無人去救他。

他便是十六世紀時，南美洲印加大帝國國王阿塔瓦爾帕，由於他自己的輕忽，他和六千衛士竟死於西班牙屠夫法蘭西斯科．皮薩羅之手，最終導至印加帝國滅亡。這是慘劇！極為不堪的慘劇！一個是國王，一個是西班牙「野人」，一百六十八個野人用現代槍砲武器，對印加帝國進行大屠殺，這是奉上帝之名，不信基督教者，殺、殺、殺！

皮薩羅，來自西班牙西部的埃斯特雷馬杜拉（**Extremadura,** 當時是卡斯提亞王國 **Kingdom of Castile** 的一部份）．這裡屬貧民區，人民以冷酷無情著名於世，而被稱「郊野人」。

阿利盧耶娃和阿塔瓦爾帕當然是不一樣，一個是獨裁者斯大林之妻，自殺；一個是印加國王，被殺。二者時空和歷史背景都不同，兩者唯一相同是兩個都須要被救，我乃按邵燕祥模式，寫下這首長詩，希望阿塔瓦爾帕也獲救並安息。

註：邵燕祥，〈最後的獨白——劇詩片斷，關於斯大林的妻子娜捷日達．阿利盧耶

娃之死〉，《揚子江》詩刊第六期（總第七十五期）（南京：江蘇省作家協會，二〇一一年十一月五日出版），頁二〇——二六。

梅爾《十二背後》詩集中〈蒼涼的相遇—馬丘比丘〉一詩

──詩、歷史和因果糾纏

我從綠蒂手上拿到梅爾《十二背後》這本詩集，打開一看，完全難以閱讀，不是詩的問題，而是印刷和用紙問題。字大小，前後有部份更小如細蟻，紙張有強烈的反光，我眼有黃斑部病，根本不能閱讀。我忖度著，現在讀詩人口，大多年紀偏高，這個問題會流失不少閱讀長者，甚為可惜！（註一）

詩集在書桌上放了幾星期，偶然拿起放大鏡，看到一首情有獨鍾的詩，〈蒼涼的相遇—馬丘比丘〉，勉力用放大鏡看了整首詩，加上多年前就對印加帝國興亡有些興趣，也讀過有關文獻。幾經思索，訂下這樣一個題目，想結合詩、歷史和因果三個屬性不同的論述，來深入解讀這首詩。

南美洲印加、馬丘比丘已是世界級的觀光熱點，長期以來吸引無數參觀人潮，絕大多數人只是看熱鬧，對印加帝國之滅亡，乃至更深層的祕魯原住民（印加後裔）之歷史悲歌，基督教何以用大屠殺來傳播上帝的愛？都不曾思索，因為無感。觀光客走馬看花、照相、打卡，買個紀念品，告訴人「到此一遊」，滿足一下欲望或虛榮！

讀梅爾這首詩，讓我回顧幾年來對印加帝國衰亡的一些感想。但若要深層理解這詩的意象內涵，非得要對印加帝國的歷史有初步知曉，對基督教文明和印加古文明多少管窺若干。因此，本文從印加歷史切入。

壹、印加帝國的興起

人類學家經由考古資料和各種文明遺存，證實美洲大陸的原住氏，都是一萬五千年前，從白令海峽的「冰橋」遷移過來的人類後裔，並由北向南逐漸擴展。最終，在西元前八〇〇〇年—西元前三〇〇〇年，在今之玻利維亞、祕魯已進入農耕文明。到西元後在祕魯北部海岸地區，出現第一個政治體，或說是王國——莫切王國（Moche kindom，西元一〇〇—八〇〇年）。

接著這裡出現一些頗大的政治體，包括蒂瓦納庫（Tiwanaku）、瓦里（Wari）和奇穆（Chimu），蒂瓦納庫在底底客客湖（Lake Titicaca）地區，一直繁榮了數百年，到一四〇〇年才消亡，奇穆王國則持續壯大，成為一個很大的帝國，疆域從北部通貝斯沿海岸到今之祕魯首都利馬（Lima）。約在此時，南方有一弱小的印加王國突然開始擴張，啟動擴張進程的是國王庫西・尤潘基（Cusi Yupanqui），他可以說是印加版的「亞歷山大帝」。

原來在尤潘基的父親維拉科查・印加（Viracocha Inca）當國王時，位在庫斯科以西、安達韋拉斯（Andahuayllas）中部的昌卡王國（Chancas），入侵並欲吞併印加王國，老國王維拉科查年事已高，不願應戰，選擇棄城出逃，躲進一個堡壘中。他的一個兒子尤潘基強硬主戰，以乘機擴張版圖，他很快組建軍隊，並與附近部落結盟，迎戰昌卡軍隊，竟取得了壓倒性的勝利，掌控帝國大權。

庫西・尤潘基罷黜了自己的父親，給自己取了新名字叫「帕查庫提」（Pachacuti），這個詞的印加語意是「將要顛覆世界之人」。他果然是雄才大略之君主，重視內政外交，積極建軍備戰，他和他的兒子圖帕克・印加（Tupac Inca），經多年征討，消滅了週邊各王國，建立一個多民族聯合體的印加帝國，他把帝國取個新名字叫塔邁蘇尤

（Towantinsuyu），印加語意是「四個部分聯合起來」，分別是：欽察蘇尤（Chinchaysuyu）、孔蒂蘇尤（kuntsuyu）、克利亞蘇尤（Qullasuyu）和安蒂蘇尤（Antisuyu），首都庫斯科就位於四個蘇尤的交會點上。這類似吾國元朝時，把疆域分成四大汗國。

到圖帕克·印加的兒子瓦伊納·卡帕克，印加帝國已發展到頂峰。此時的帝國版圖北起今之哥倫比亞南部，南到智利中部，東西則從太平洋沿岸，翻越多座六千公尺高峰的安地斯山脈，再延伸到低平的亞馬遜叢林。讓人驚奇的，印加精英階層只有大約十萬人口，控制著帝國總人口超過一千萬人。

就在瓦伊納·卡帕克國王享受著帝國繁榮之前後，也正是哥倫布發現美洲新大陸之時，一四九二年第一次航行到今之巴哈馬，一四九四年到達加勒比海地區。大批白人到達美洲大陸對原住民展開大屠殺，也帶進各種瘟疫（天花、麻疹、鼠疫、霍亂、瘧疾和傷寒黃熱病等），屠殺和瘟疫快速蔓延，整個南北美洲大陸的原住民幾乎滅種，印加帝國當然也不能幸免！

國王瓦伊納·卡派克也感染瘟疫，當時原住民不知道是什麼病，國王臨終前告訴貴族，從他的兩個兒子中，尼安·庫尤切（Ninan Cuyoche）和瓦斯卡爾（Huascar），由占卜決定繼承人，後來兩個兒子都死於瘟疫。

印加歷史另一個記述說，瓦伊納・卡帕克死後，他的兒子瓦斯卡爾在庫斯科繼位稱王，另有一個兒子阿塔瓦爾帕在基多（Quito）也要稱王，最終當然演變成以戰爭決定王位繼承問題，這就造成了帝國的分裂。經過四年分裂血腥戰爭，阿塔瓦爾帕取得全面勝利，重新掌控成為印加大帝國君主。

就在他的登基大典後不久，「查斯基」（Chaskis，即印加帝國的情報組織），給阿塔瓦爾帕通報一則情報訊息，說有一六八名「外國人」，帶有奇怪的武器，騎著奇怪的動物，正延著安地斯山脈入侵而來，還殺害了帝國的地方官員和部落隔首領・阿塔瓦爾帕似乎不太在意，他居於好奇心，很想看看這些「外國人」和他們奇怪的坐騎。

阿塔瓦爾帕想看的，正是西班牙的冒險者法蘭西斯科・皮薩羅和隊員共一六八人，奇怪的武器是火砲槍枝等早期的現代兵器，奇怪的坐騎是馬（當時美洲沒有馬）。事實上，這已是皮薩羅第三次探險，到達今之祕魯正是一五三二年十一月，來到南半球的夏天。

歷史上很多事件難以理解，或有因緣因果支配著，人是不可能全知的，唯佛能知。身為印加帝國的君主阿塔瓦爾帕和他的文武百官數千人，即將被這一百多白人在短短兩小時內，全部屠殺，帝國竟被皮薩羅掌控了，邪惡的皮薩羅也沒想到，竟就這麼容易的消滅了一個大帝國，消滅了一個人類古文明！

貳、法蘭西斯科・皮薩羅與印加帝國的滅亡

略知印加歷史的人，都知道這位十六世紀西班牙邪惡冒險者皮薩羅・他在一五〇二年來到伊斯帕尼奧拉島（Hispaniola），即今天的海地和多米尼加共有的島嶼；一五一三年與其他探險者穿過巴拿馬地峽，首次到達太平洋海岸；一五二四到二五年間，從巴拿馬向南航行到哥倫比亞沿岸；一五二六到二七年，航行到通貝斯與印加帝國有了第一次接觸・一五二八到二九年間，皮薩羅返回西班牙，獲得西班牙女王許可征服祕魯的授權。一五三一到三二年，皮薩羅第三次到祕魯，以一六八名冒險者的兵力火力，對印加帝國的領導階層設計一場大屠殺，並俘虜了印加國王阿塔瓦爾帕，於一五三三年將他處死。

皮薩羅是何方神鬼邪魔？怎麼可能以一六八名戰力，消滅了印加帝國？當時印加約有軍隊十萬人，東西方戰史還找不到這樣的案例。

法蘭西斯科・皮薩羅（Francisco pizarro, 1478—1541），是西班牙西部埃斯特雷馬杜拉（Extremadura）人，這裡的人以貪窮、冷酷、無情著名於世，西班牙其他地區的人稱這裡的人叫「野人」，社會地位極為低落，皮薩羅又是個私生子，更是低人一等。所以他從未受過教育，一輩子都不識字，他後來帶領一群探險隊員，大多來自這地區同類型的人。

皮薩羅十五歲時，是一四九三年哥倫布第一次海洋探險歸來，消息夯遍大街小巷，說有個新世界遍地金銀財寶任人採擷。皮薩羅肯定是受到鼓舞，自己也明白在家鄉待下去是永遠沒有希望的。

一五〇二年，年僅二十四歲且一貧如洗的皮薩羅，搭上一艘西班牙開往西印度群島的大船。其實所謂「西印度群島」，就是一四九三年哥倫布到達的伊斯帕尼奧拉島，皮薩羅到時，這個島已由白人總督統治，島上原住民都被抓來當奴隸販賣或做苦工。

一五〇九年，皮薩羅已是島主總督尼古拉斯・德・奧萬多（Nicolas de Ovando）武裝隊伍裡的中尉。為消除反抗，奧萬多把所有稱「頭目」的八十四位原住民首領，全部抓來處死，此事給皮薩羅很大啟示，要征服、要所有人都信基督教，就必須屠殺才能征服，這也是當時國王和教皇同意可以幹的事。

一五一三年，三十五歲的皮薩羅晉升為巴斯克·努涅斯·德·巴爾波亞（**Vasco Nunez de Balboa**）領導的探險隊第一副手，他們最終穿過巴拿馬地峽的原始叢林，這位巴爾波亞也是皮薩羅的同鄉。但六年後的一五一九年元月，巴爾波亞因與西班牙派來的新總督爭權，被逮捕並被砍頭，而逮捕巴爾波亞的人，正是第一副手皮薩羅。

一五二一年，四十四歲的皮薩羅已是新建巴拿馬城的地主之。一五二四到二五年間，他航行到哥倫比亞探險；一五二六年他和另兩個夥伴組成「黎凡特公司」，目標是進行征服原住民，他們探險到通貝斯和印加帝國有了第一次接觸。

一五二八到二九年間，皮薩羅返回西班牙，獲得皇室許可他征服祕魯的授權。一五二九年七月，國王查理五世被授予神聖羅馬帝國皇室稱號，由王后伊莎貝拉（**Queen Isabella**）簽署一份皇室授權書（**Capitulacion**）授掿皮薩羅征服祕魯地區各部落。授權書中特別訓令皮薩羅，「你應當清楚自己是我們的主和王室共同意志的執行者」。（註二）當時的探險征服活動，必須配合羅馬教皇的傳教和勢力的擴張。

皮薩羅到故鄉招募一批新人，把四個不同父或母的弟弟都招集來，他們是二十九歲的埃爾南多（**Hernando**）、十九歲的胡安（**Juan**）、十八歲的貢薩洛（**Gonzalo**）和十七歲的法蘭西斯科·馬丁（**Frsncisco Martin**）。兄弟五人踏上征服之路，很快成為事業的核心團隊。

一五三〇年元月，皮薩羅的征服團隊從塞維亞起航，到一五三一年間，他們爬上安地斯山脈，進入印加國境做了一些調查工作。

時間點走到一五三二年十一月十五日，星期五這一天，皮薩羅的大軍一六八人，其中一〇六人步行，六十二人騎馬，武器就是早期的火砲和槍。皮薩羅隊伍來到卡哈馬卡河谷，此時印加帝國正是阿塔瓦爾帕在位，印加軍隊也駐紮在附近城鎮，雙方必然些訊息的交流，其中之一是皮薩羅給阿塔瓦爾帕的訊息，大意說「貴國臣民都被惡魔迷惑，不敬上帝，我們是上帝的僕人，來向貴國傳播上帝的神聖法律，所有人都要接受上帝的愛，才是你們最高的榮譽和救贖……」（註三）其實皮薩羅和他的核心幹部早已心知肚明，信仰太陽神的印加不可能一下改信基督上帝，武力解決是必須的。皮薩羅計畫設一陷阱，稱說要和阿塔瓦爾帕及其文武百官開會聊聊，阿塔瓦爾帕毫不懷疑，覺得這一百多外國人隨時可以消滅他們。

一五三二年十一月十六日，大約中午，阿塔瓦爾帕和官員及數千軍隊隨從約六千人，如約到達皮薩羅安排的「廣場」，雙方尚有一些對話都從略。

皮薩羅的團隊已看準大屠殺時機，砲兵隊長佩德羅・德・坎迪亞（Pedro de Candia）

的四門小加農砲早已就陣地待命，其他人是槍，只待皮薩羅發出訊號。午後不久，皮薩羅下令開戰，才幾個小時，黃昏前這六千印加精英幾乎全被屠殺，國王阿塔瓦爾帕被俘，一百六十八個西班牙人，未損一兵一卒。

一五三三年，皮薩羅占領庫斯科，扶植十七歲的曼可。印加為印加新君主，同時處死阿塔瓦爾帕，此後的三十年，印加尚有「流亡政府」，有稱王稱帝者反抗西班牙人。最後一個印加君主是圖帕克·阿馬魯，於一五七二年被新的祕魯總督法蘭西斯科·托雷多處死，印加首都比爾卡巴被廢棄，未死之居民全被遷走，此後，印加帝國在叢林中「沉睡」、三百多年，直到一九一一年，馬丘比丘、比爾卡班巴……

參、梅爾《十二背後》詩集中〈蒼涼的相遇──馬丘比丘〉一詩

梅爾是誰？台灣地區詩壇可能知者不多。按她詩集上的簡介，原名高尚梅，一九六八年生于江蘇淮安，現居北京，中國台灣《秋水》詩刊社長。一九八六年開始發表詩作，作品散見于《詩刊》等刊物，已著詩集有《海綿的重量》、《我與你》、《十二背後》等多冊，糾纏於本文的〈蒼涼的相遇──馬丘比丘〉一詩，收錄在《十二背後》，詩分十二節，全部抄錄如下。（註四）

59　梅爾《十二背後》詩集中〈蒼涼的相遇—馬丘比丘〉一詩

1

不知誰踩痛了我的傷口
我坐在你的寶座上
讀者一個亡國的故事

緘默的石頭鐵一樣沉重
那曾經掄起的榔頭
敲繫著庫斯科的虛空
黃金是不死的
但換不來你的活
國王戰戰兢兢地坐在油畫裡
面對歐洲的頭盔和邪惡的馬

庫斯科的排簫裡流淌著優傷
你讀不懂侵略和野蠻裡的文明

太陽神不堪一擊
原來，苦難才剛剛開始

2

駝羊背上的民族是溫柔的
溫柔的苦
從可卡的葉子上滴下汁來
高原上的歌天一般幽藍空曠
我策馬在練兵場上
這東方的女子，如何能用豪邁
去假想挽救你的淪喪？

3

把一首歌唱到了山上
馬丘比丘

61　梅爾《十二背後》詩集中〈蒼涼的相遇—馬丘比丘〉一詩

你的褲縫裡灌滿了酒
泥石流在四周上演一場大戲
浩瀚的日月在此交替

這些長著名字的石頭在夜間跳舞
你曾經面對群山狂歡
帶著你的一千個妃子
馬丘比丘

石頭裡流出蒼涼的血來
庫斯科教堂的鐘聲停了
在太陽的上方

月亮被羊蹄踩痛了心房
我摸著你的痛，像失節的巫婆

照片來源：同註一。

流出淚來

4

現在我可以平靜地面對一場雪
雪紛飛而下
掩藏起亡國之劍

天空長滿了荒草
庫斯科在一個更接近太陽的地方
被大雪封住了喉嚨

5

把一座教堂毀掉，哦不，一座神廟
可以毀掉整個高原，心的高原
毀掉石頭砸的火，毀掉

稀薄的空氣

不朽的八度傳奇
石頭內部，陰陽榫卯
經歷著一場時間毀不掉的地老天荒

6

從你的胸口抓出火來
從安第斯山脈的脖子上
那沉默的頭骨喂養了多少長鷹
當鷹也腐爛
這孤獨的倚偎有了結局

神秘的烏魯班巴河
這洶湧的激情如何抵達山巔

63　梅爾《十二背後》詩集中〈蒼涼的相遇—馬丘比丘〉一詩

那裡曾經歌舞升平
一座山脈一張仰望星空的大臉
拴日石在每一根房梁掛著
三個窗子
太陽、月亮、女人

把每一顆朝聖的心收納
增加塵土的高度
馬丘比丘
你再不能獨自面對燃燒的太陽
你被驚擾的靈魂
離神越來越遠

7

一個沿著印加古道與火車賽跑的孩子

是印加血統堅強的根
蒼白的空間，堅硬的時間
轟魯達的馬
海瑞姆．賓漢姆的錘子
在石頭面前
一切都是腐朽的沙子
三個窗子
時間、空間、駝羊

8

安第斯山脈
黑色的火車黑色的臉
黑色治熱帶雨林包圍著潔白的光芒

潔白的心臟
安第斯
你嵌入一個峽谷一支奔湧的山溪
你垂直地立著一面粗糲的鏡子
然後，整整四百年
你藏匿起熱鬧的雨聲
讓群山遺忘

你不能決定時間
時間成全了一切
又毀掉了所有

9

帕斯庫蒂，印加最後的王
預見人們將在歷史的灰燼中

67 梅爾《十二背後》詩集中〈蒼涼的相遇—馬丘比丘〉一詩

尋找石頭斑駁的恥辱與輝煌
文字的祕密藏在一口隘口
亡國之血
塗抹在石頭的麵包上

女人，喂養了這些山河
并在馬丘比丘
被祭獻給虛構的太陽

沒有什麼救贖可以真正抵達
黃金、廟宇、教堂
時間、空間、宇宙
羔羊、女人、天使

馬丘比丘
你眼看著庫斯科日益繁華
落入世界大同的俗套
你只能用高山之巔的緘默
用孤獨、荒涼、廢墟
為那些虔誠的祈禱
編一些謊話

11

是的，打開我的傷口
打開印加帝國的傷口
打開祕魯的傷口南美的傷口
世界的傷口！

打開頭顱裡沒有記載的殺戮
打開沙漠裡塵土飛揚为哭泣
打開，一顆血淋淋的心
打開，夜裡石頭的傷痛！

打開那片缺氧的土地吧
缺氧的種子
沒有轉基因的種子
在傷口裡
會慢慢生長

12

沒有涅槃
在一年的最後一個月
在北半球的嚴冬裡

你進入轟轟烈烈的夏季

這蒼涼的相遇，用竹子編得密密的
用針縫得密密的
成為我的眼瞼，我的睫毛
開合之間
世界關閉

你滄桑的臉頰上，留下我今生
顫抖的指紋

光是把詩在稿紙上抄一回，抄得滿紙蒼涼，滿心滿筆的蒼涼感，甚至全部的歷史都蒼涼，懷疑人類所有的歷史，還有那一件是「正史」？那一筆歷史是真的？

蒼涼，基督上帝的愛，原來更為蒼涼，蒼涼得更恐怖，恐怖得人不知鬼不覺；上帝的愛和屠殺併行併用，果然是人世間最為真實的歷史・梅爾的詩是這麼說嗎？她的詩中藏著什麼？

肆、賞析（一）：詩與歷史的糾纏

「不知誰踩痛了我的胸口／我坐在你的寶座上／讀者一個亡國的故事」。天下最痛者，無非亡國之痛，尤其像印加帝國如此亡得「不明不白」，傷痛啊！身歷其境的印加子民應是傷痛之最，局外人的考古學家不會傷痛，但詩人會，梅爾會，筆者也會，因為我們以詩人自居，詩人就愛「身歷其境」，以達到，「物我合一」的境界。所以，故事一踩，胸口就痛，不是嗎？

黃金是不死的
但換不來你的活
國王戰戰兢兢地坐在油畫裡
……
太陽神不堪一擊

黃金永恆不死，故有無尚價值，古今人人都愛，皮薩羅愛，西班牙皇室更愛，找尋黃金呈繳皇室是每位探險者的重要任務。皮薩羅在處死阿塔瓦爾帕前，用盡酷刑逼迫這位可憐的帝國君主說出黃金等各種財寶藏匿處，黃金到手依然將他處死、一船又一船的金銀財寶送回西班牙。因為女王伊莎貝拉給皮薩羅的「皇室授權書」中，白紙黑字寫著如下的交易條件：（註五）

王室承諾將任命你為總督和總司令，管轄二百里格範圍內祕魯所有地區現在及將來存在的土地和村莊，你在有生之年還會獲得每年七二五〇〇〇西班牙金幣（Maravedis）的薪水。上述錢款從你起程開始進行占領和征服活動之日起計算，可在你從殖民地獲得的屬於王室的收益中扣除……

現在不知道所謂「七二五〇〇〇西班牙金幣」是多少？這是皮薩羅的「年薪」，不是西班牙發給他，而是他必須從印加帝國掠奪更大批黃金，扣除自己的年薪，其他必須運回給西班牙皇室。是故，「黃金是不死的／但換不來你的活／國王戰戰兢兢地坐在油畫裡／面對歐洲的頭盔和邪惡的馬」。皮薩羅在廣場上屠殺六千印加精英後，俘虜了國王阿塔瓦爾帕，黃金換不到國王的命。

詩人怎說國王坐在油畫裡？這須要想像力。試想，大屠殺約到黃昏時告成，剩下國王面對著堆積如山的屍體，血流成的河反映夕陽餘光。金．麥考瑞在他的書上說：「這個景象看起來像極了老彼得．勃魯蓋爾（Pieter Brueghel the Elder）的油畫《死亡的勝利》（The Triumph of Death）中描繪的那些渺小人物一樣。」（註六）這位老彼德（一五二—一五六九），是文藝復興時期畫家。《死亡的勝利》是一五六二年創作的油畫，自一八二七年後收藏在西班牙馬德里普拉多博物館。詩人應是引用了這個典故，惟意象也甚為恐怖！

「**太陽神不堪一擊……駝羊背上的民族是溫柔的……帶著你的一千個妃子／馬丘比丘！**」一六八個西班牙屠夫幾小時內消滅了印加帝國，當時印加軍隊大約八至十萬人間。多麼讓人不解！也許就如詩人說的駝羊背上的民族是溫柔的。但就筆者理解，信仰太說神的印加族基本上處於「原始文明」，帝國大事都經占卜決定，瓦伊納．卡帕克病危臨終時，他的兩個兒子尼安．庫尤切和瓦斯卡爾誰繼王位？也是透過占卜決定，這就很類似我國商朝時代的「鬼治主義」。而當時西班牙已經有了早期現代文明要基礎，皮薩羅團隊的武器是小型加農砲和槍，印加人則仍在用弓箭，仗要怎樣打？

當然這也不是完全解釋，落後文明打敗先進文明的戰爭，中外歷史上都有。才結束不久的越戰，就是一個鮮明史例。

筆者初略研究他們雙方的接觸情形，西班牙人在戰術、戰略、謀略和情報判斷，可以說「絕對優勢」，他們較了解印加族；反之，印加人（尤其領導階層），可以說完全不知道這些「外國人」是什麼。以及動機為何？蒼涼與悲慘的亡國之痛於焉誕生。

石頭裡流出蒼涼的血來
……
掩藏起亡國之劍
天空長滿了荒草
庫斯科在一個更接近太陽的地方
被大雪封住了喉嚨

荒草應該是長在地上，怎會長在天空？這個意象很詭異，像是到了沒有地心引力的星球，物體是飄浮在空中。可能暗示詩人對印加帝國的滅亡，覺得是詭異或不可詮釋之事件。但詩人畢竟是眾生之中，最為善感的人，雖然已過了四百多年，似乎看到大屠殺的血河未乾，故說「石頭裡流出蒼涼的血來」，實即暗示詩人心中亦在淌血，為印加子民感到悲哀！就在那短短的幾個小時，神廟（信仰和文明）毀掉了！整個高原毀了！

第六節裡寫的是印加帝國在繁榮強盛時期，王室和頭目們日夜歌舞的景象。「一座山脈一張仰望星空的大臉／拴日石在每一根房梁掛著／三個窗子／太陽、月亮、女人」。所有的繁榮強盛和幸福快樂，永遠離不開女人，尤其形而下的物質面，沒有女人便快樂不起來，這是基本的自然法則，也是物種進化原理。形而上的精神面就是信仰的寄託，這交給了太陽神和月亮神。

第七、八節寫的是考古學家發現印加遺址之後，「一個沿著印加古道與火車賽跑的孩子／是印加血統堅強的根」、「黑色的火車黑色的臉」，都是現代意象，印加後裔子民目前仍是祕魯弱勢族群、權力和財富全在白人手中，屠殺人的後裔也是永遠的統治者，印加族的孩子仍堅強的活著，也只能活著。就如時間、空間和鴕羊，始終會一直存在，不會滅亡！

詩中的「海瑞姆・賓漢姆」，就是一九一一年發現印加遺址的希拉姆・賓漢（Hiram Bingham）。他在這年發現了馬丘比丘、維特科斯和伊斯皮里圖大草原，當地的坎帕族印第安人稱這大草原為「比爾卡班巴」。

帕斯庫蒂，印加最後的王
預見人們將在歷史的灰燼中
……
沒有什麼救贖可以真正抵達

誰是印加最後的王？各有論述，本文從略。每個被處死的印加國王，最後一刻他心中在想什麼？誰都不知道，

惟詩人可以為他設想說，「預見人們將在歷史的灰燼中／尋找石頭斑駁的恥辱與輝煌／文字的秘密藏在一個隘口／亡國之血／塗抹在石頭的麵包上……」這些，都是考古學家、歷史學家、文學家、詩人，乃至各方強權、領袖、政客等要做的事，各取所需，各自按所要詮釋。當然最主要是詩人的感受，詩人甚至想要做一件「平反」工程，彰顯這世間仍有正義存在！

只可惜，「沒有什麼救贖可以真正抵達……」，黃金去了就是去了！廟宇毀了就是毀了！教堂來了就是來了！被處決了就是被處決了！帝國亡了就是亡了！一切都回不來了！能回來的只是傷口。

> 是的，打開我的傷口
> 打開印加帝國的傷口
> 打開祕魯的傷口南美的傷口
> 世界的傷口

打開印加帝國的傷口，深入思之，發現世界都是傷口，整個美洲大陸的原住民幾被白人屠殺光光，更早或以後，每個世代乃至廿一世紀，大屠殺始終存在，在全球各洲到處是傷口。

為什麼?所有殺戮、傷口都來自偏見，以及強權的貪得無厭。就單以美洲原住民論，他們是否應該被屠殺，關鍵在印第安人是否被定義為「人類」！曾有兩派人馬在教皇面前辯論，一派拉斯卡沙斯（B. de Las Casas）陣營，主張印第安人是人類，應有人尊嚴;另一派哥倫比亞主教柯維多(Quevedo),堅定認為「印第安人是低等動物」。最終在一五三七年,教皇保祿三世(Paul III)頒下聖旨,承認印第安人是「真正的人類」。(註七)然而,此時印加已亡,美洲所有原住民幾乎快亡盡,險些絕種!白人佔領美洲須要大量勞力人口,乃大量「進口」黑奴。依照法國史學家戴湘(M. Deschamps)在《黑人販賣史》一書中,估計自一四五〇年以來,全世界有一千四百萬黑人被販賣為奴隸。(註八)誠然,西方文明的強大,竟建立在種族歧視基礎上,這是人類這物種發展史上最黑暗的一頁,也是黑人同胞最悲慘的歷史。這難到種族歧視是人類基因中存在的「癌症」嗎?或只是西方文化的病根。

到了如是文明的廿一世紀,種族歧視依然嚴重,緬甸洛興雅人被大量屠殺,諾貝爾和平獎得主翁山蘇姬視而不見,先進的美國和日本公認是「種族歧視大國」。二〇一八年八月,聯合國人權理事會(UNHRC)的消除種族歧視委員會(CERD),發佈日本的觀察報告,對琉球人、阿伊努(愛奴)人及日本種姓制度等,有嚴重問題,造成極大傷害。(註九)啊!「**世界的傷口……打開那片缺氧的土地吧/缺氧的種子/沒有轉基因的種子/在傷口裡**」。這世界,處處是傷口,從古至今到未來,傷口從從未痊癒,又不斷有新的傷口!

詩人最後總結，「沒有涅槃……你滄桑的臉頰上，留下我今生／顫抖的指紋」。「涅槃」是大解脫、大自在，人類社會始終達不到解脫或自在的境界，因為同種撕殺是人類基因裡的癌根。詩人也許不知道，但看到或知道印加滅亡史事，那種蒼涼感，引起顫抖的指紋，那是一種恐怖感襲上心頭吧！

伍、賞析（二）：詩與因果的糾纏

我是深信因果的人，也用因果論看待並解釋宇宙間萬事萬象，當然就包括了印加亡國一事，以及賞讀梅爾這首詩，我還是想在因果論找到解釋。乃至橫空創造解釋，使因後有「果」。

很多人以為佛教才講因果，其實不是，因果是宇宙間的自然法，「因」和「果」的關係，有單純，有複雜，相隔時間有長有短，或長到很多世代，絕大多數的人不能知其全。單純的因果，如因沒吃飯，肚子餓（果）；因用功不夠等諸因，幾次考不上博士班。正確的說，所有科學性研究，都是在梳理（驗證）各種因果關係，研究過程中與因果有關的變項，進而確立、掌握並運用。例如，A變項和B變項之間，存在何種關係？所有科學(學術)研究皆如是。

在佛教的《眾許摩訶帝經》說：「眾生之所作，善惡經百劫，因業不可壞，果報終自得。」另在《大寶積經》亦說：「假使經百劫，所作業不亡，因緣會遇時，果報還自受。」凡此警示，都在說明因果不可壞、不可變，有了「因」作，必有「果」落，只是時間問題，個人因果個人承擔，集體因果集體承擔，例如大眾常說統獨形成的困境，是台灣人的「共業」。二〇一八年三月才過逝的大科學霍金（Stephen Willian Hawking），他研究地球現狀後，提出可怕的警告預測，「地球大約會在兩百年內毀滅」。（註一〇）這便是全人類的共業，如是，我，「預見人們將在歷史的灰燼中／尋找石頭斑駁的恥辱與輝煌」。惟地球毀滅，人類必也滅亡，那些歷史、恥辱和輝煌，都已無意義！

那些複雜又涵蓋極寬廣的時空因果，絕大多數非筆者能知，有些甚至唯佛能知，那麼，詩與因界糾纏什麼？最單純的，先是綠蒂的因緣才有機會讀到梅爾的詩，這就有了我和梅爾的因緣。那梅爾創作這首詩的因緣何在？或許某次旅行到了馬丘比丘，一接觸開啟詩的創作因緣。

不知誰踩痛了我的胸口

我坐在你的寶座上
讀著一個亡國的故事

讀著梅爾這首詩，除了涵富的蒼涼感，更多是對這場災難體現出深刻的理解和同情，讓凡是讀到這首詩人，有一種感覺，詩人和印加帝國被屠殺的某位精英，在前世是否有些因緣？無論如何？雖說「沒有什麼救贖可以真正抵達」，但由于一個中國詩人梅爾，那些死難者的靈魂終得獲救並不朽，這深值告慰的力量，在九泉之下可以安息了；而對印加帝國之亡，詩人和讀者給予無限同情，強權和屠殺者也受到嚴厲批判！

惟已經甚為文明的歐洲白人，為何有此不文明的行為？甚至比印加文明更不文明。絕大多數世人難以理解，「你讀不懂侵略和野蠻裡的文明／太陽神不堪一擊」，要追到終極，就是基督教文明發展過程中，為政治統治的需要，從《聖經》中刪掉了「因果」論述。如是，善無善報，惡不惡報，人沒有因果觀念，一切為惡便無所謂了，反正就這一輩子！

早期的基督教在《舊約》聖經和《新約》福音書中，都有因果、輪迴的文獻記載，教會神職人員按此教育人民；善有善報，惡有惡報觀念，在大約西元三世紀前是普遍被接受的。

很遺憾的，到了羅馬帝國君士坦丁大帝（Constantine the Great, 272～337），認為因果、輪迴觀不利帝國之統治，於公元三二五年下令刪除，也才合乎基督教的信仰。後來到了公元五五三年，羅馬天主教會召開第二屆君士坦丁堡大公會議，在這次的會議中，有關因果輪迴觀被判定是「異端邪說」，從所有文獻和人民生活認知中，全面徹底禁絕。（註一一）此後的一千多年，西方文化和人民生活認知中，完全沒有因果觀念，為惡不會得惡報。像皮薩羅這樣的人是很普遍的，對後來發展出殖民主義和資本主義也存在因果關係，使西方文化成為一種掠奪文化。

沒有因果觀的基督教文明，一千多年來像屠殺印加原住氏這樣的案例，真是說之不盡，「歸順上帝，否則殺」成為統治者的政策。到了十九、二十世紀，基督教更成為帝國主義擴張的「先鋒部隊」。就此推論，印加文明碰上基督教文明，死路一條也是因果之必然吧！或怪自己歹命！

在「詩與因果的糾纏」中，最後必須有個處理的是皮薩羅這位極邪惡的屠夫，他造的惡業必然有惡果，這在因果輪迴中必已完成處理，此唯佛能知．惟身為凡夫筆者，在多年前創作一部小說，《迷情．奇謀．輪迴》之第三部《我的中陰身經歷記》，寫到導至印加亡國的皮薩羅。（註一二）覺得為彰顯人間正義，必須給皮薩羅一個懲處，乃設計〈罪犯前西班牙無賴屠夫皮薩羅前世回溯治療〉，讓他到地獄受刑、治療，多年後和梅爾的詩竟有這段奇妙的因緣。

小結

「女人，喂養了這些山河／并在馬丘比丘／被獻祭給虛構的太陽……世界的傷口！」地球上人類各族各文明、都經過這樣相同的階段，有些文明消失了！有些文明成為反噬人類的巨獸，創造世界級傷口。如是，詩、歷史和因果有了永恆的糾纏，而眾生不論是誰！「你滄桑的臉頰上，留下我今生／顫抖的指紋」，這就是人類這物種發展的真相嗎？

希拉姆．賓漢在一九一一年發現印加遺址後，一九一二年他重返馬丘比丘（國家地理學會資助），一九一四到一五年第三次也是最後一次，再到馬丘比丘並發現「印加古道」。一九二〇年，他出版《印加大地》著作，書中聲稱馬丘比丘就是失落的城市比爾卡班巴，即最後幾位印加君主最終避難所，但後來又有別的探險家推翻這個說法，考古學家探險家們總想發現最後的真相！

因果和歷史說來簡單，惟追到終極，也都是一種「甚深微妙法」，非人所能全知，唯佛能知．黃仁宇在《大歷史不會萎縮》書中，引托爾斯泰在《戰爭與和平》中的一段話：（註一三）

> 人類的心智不能掌握著一切整體現象之起因。但是企望發現這些起因需求卻縈懷在人類的靈魂中。人的智能還不能查驗得出來各種現象的繁複情形，首先抓住著第一項近似於起因的事物，立時叫說：「起因在此！」

如同我讀了梅爾這首詩，便企望從歷史中找尋出可靠的因果關係，企圖發現真相。奈何！智能不足，不能查驗出千百年來各種繁複的現象，也只好讓詩、歷史和因果持續糾纏著，糾纏在詩人和所有讀者靈魂中，到地老天荒！

85　梅爾《十二背後》詩集中〈蒼涼的相遇—馬丘比丘〉一詩

圖片來源：同註②，以下同。

馬丘比丘

六十三歲的皮薩羅在利馬被刺殺

秘魯庫斯科的印加子民，一九〇六年。

西班牙野人處死阿塔瓦爾帕

西班牙野人和印加之戰

探險家賓漢，1912 年。

註釋

註一　梅爾，《十二背後》（北京：人民文學出版社，二〇一八年七月）。

註二　**Kim MacQuarrie**（金．麥考端），《印加帝國的末日》（The Last Days Of The INCAS），馮璇譯。（新北市：自由之丘文創事業／遠足文化事業股份有限公司，二〇一八年十月），頁五八—五九。本文有關印加興亡參考本書。

註三　同註二，頁八七。

註四　同註一，第二輯。

註五　同註二，頁五九。

註六　同註二，頁一一二。

註七　**Francois de Fontette** 著，王若璧譯，《種族歧視》（台北、遠流出版事業股份有限公司，一九九〇年十二月十六日），頁三六—三七。

註八　同註七，頁三九。

註九　〈聯合國報告：日本種族歧視問題依然嚴重〉，《遠望》雜誌 4 卷 12 期，總三六三期（二〇一八年十二月），頁四六—四八。

註一〇　人間福報，二〇一八年十月二十一日，A5 版。

註一一 釋慧開，《生命是一種連續函數》（台北：香海文化事業有限公司，二〇一四年七月），〈三世生命觀的歷史回顧與現代開展〉，頁八二—八四。

註一二 古晟，《迷情・奇謀・輪迴——我的中陰身經歷記》（三）（台北：文史哲出版社，二〇〇九年十月）。小說三集分別出版，後出版合訂本（二〇一一年元月）。

註一三 黃仁宇，《大歷史不會萎縮》（台北：聯經出版事業有限公司，二〇〇四年九月），頁二九。黃仁宇（1918—2000），成都陸軍官校畢業（一九四〇），美國參大（一九四七），密西根大學歷史學博士（一九六四）。軍職曾任駐日代表少校團員，文職紐約州立大學教授。他著作甚豐，如《萬曆十五年》、《中國大歷史》、《大歷史不會萎縮》等十多部，文武兼備，享譽國際的史學家，為我「黃埔」之光。

賞讀度母洛妃《捨了半生捨不了你》現代詩集

習慣拿到一本書時，先看看封面、作者、圖照、書名，第一個感覺是「這是一個美女詩人」，看她放書上的照片，當個「現代美女」是無愧的。只是作者筆名「度母洛妃」，頗有「出奇」的用意，也會產生「制勝」的心理效果，現代廣告學上佔了先機！

再花幾分鐘看作者和書末的〈後記──愛與痛的印痕〉簡介。度母洛妃，本名何佳霖，現居香港。任華聲晨報社副總編、華星詩談主編，（廣西）東盟創意管理學院院長、香港國際創意學會主席、香港文聯執行秘書長等職務。曾榮獲第十六屆國際詩人筆會「中國當代詩人傑出貢獻金獎」、香港中華文化總會「香港中華文化金紫荊獎」

和「卓越愛情詩歌獎」等。另有多本詩集出版，看來這美女詩人也是事業成功之女子，主席院長皆非等閒之輩，位高權重，麾下有一群人要管理。

賞讀書末作者自己寫的〈後記〉短文，對於這位女詩人，我開始有靈犀「通一點」的感覺，原因是這篇短文充滿佛教「因緣觀、緣起法」，應該和我是同道「佛教徒」。有無正式皈依？就不得而知了，她說「從我一貫的信仰角度來說，人與人相遇無非是因緣和合，有善緣、惡緣，有淺緣、深緣。然而人人對待緣的方式和態度截然不同。你懷著什麼樣的心就會結什麼樣的果。」完全是佛法的「緣起因果」論述，與我完全相同的思想信仰，有如數學裡兩個可以重疊的集合，這樣進而讀她的作品，就很容易進入她的世界，理解她的詩語言和情境意涵。

果然，用了一些時間讀她這本詩集，發現有更多相同處，六十一首中文詩，九首英詩，女詩人把自己的詩集定位在「情詩」集；我也喜歡情詩，出版過《陳福成情詩集》，我和女詩人也算「同一國」了！整體賞讀度母洛妃這本詩集，其核心意涵，一言蔽之曰：「散發佛法芳香的情詩」。

但何謂「情詩」？文壇上沒有統一或各家認同的界定，一般通俗狹義的說法，是男女間表達愛情愛意的詩。若是，則這本詩集有些詩超出這範圍，不算是表達男女間的愛，如〈給上帝的一封情書〉等。在美國的已故女詩人喻麗清在《情詩一百》，提到「情詩」有三類，第一是民歌的形式，適於「敲打樂」，讀來如歌之行板；第二類小詩形式，歌詠情人間的音容笑貌或微醺之情；第三類是抒情主義的「浪漫的消息」，寫思與懷、得與失、煎熬與昇華、痛苦與纏綿等等，乃至將風花雪月或上帝諸神都擬人化，表達某種不凡（偉大的愛）都是。（註①）

按喻麗清廣義情詩之義（意），度母洛妃《捨了半生捨不了你》可算是情詩集，「是愛與痛的印痕、不昧良知，不為名聲、只為真情而直抒胸臆」、「是小我的情愫展現」。顯然，這本詩集是女詩人愛的寫真，純真愛意中典藏佛法的芳香。要如何賞析評述這七十首詩？用一篇短文都是「掛一漏萬」，只能隨機選幾首略述之。賞讀〈只要給我一夜啊〉：（註②）

誰叫你以我最愛的樣子出現呢
就這樣著魔般地愛上你
落得這般憔悴
難道僅僅為了個最終要放手的擁抱嗎

我怎能羞恥地想
只要給我一夜啊
如果一夜太多，趁著月亮多在雲後
哪怕片刻
我也要燃盡
對你一生的愛
只要你要，求你把我碾碎吧
我要融入你的血液裡
不然我會乾涸至死
死在
等你的路途

這是一首很典型的情詩，男女之間愛的極致。何謂「典型」？第一充溢著「力必多」(Libido)元素，也就是「性愛」的誘發力，詩人有了「解放」自我的境界，做愛（包含詩境想像力的發揮），必須完全解放，才能做出「致命的境界」。「只要你要，

求你把我碾碎吧／我要融入你的血液裡／不然我會乾涸至死／死在／等你的路途」，性愛的極限境界於焉生出。弗洛依德(Sigmund Freud,1856-1939)認為，人類所有的文化、文學、藝術等成就，都源於性愛動力，被稱「生命力說」（力必多）。雖未必放四海皆準，却也是難以推翻的理論，尤其在「情詩」這個小領域裡，若完全抽離「性」的作用或想像，就「愛」不起來，情詩也就不存在了。似乎只要讀到現代詩任何一家情詩，其詩意中必隱涵「性」的基本元素，號稱「情詩聖手」的徐志摩更如是。

第二是情詩表現的張力，主要在「野、媚、俏」的表現，徐志摩的情詩除了有高濃度「性」元素，更是野媚俏的經典，如〈鯉跳〉、〈別擰我，疼〉等，都是可以傳世情詩。而度母洛妃這首〈只要給我一夜啊〉，論「野」的程度，很夠野！比美徐志摩的野，可謂靈肉大解放；而「媚」的誘惑力也很強，「俏」則次之。

典型的情詩，寫男女間表達愛意的作品，有「力必多」元素，有「野媚俏」的張力手法，能否達到「大解放」境界就看個人功力。度母洛妃的情詩大多表現的比較「隨緣」，如這首〈洛妃夜話〉。（註③）

慰藉寒冬
明日黃花繼續嬌豔
打開一扇門
另一扇門
即水過無痕
胸中有酒在燃燒
把一個個熟悉的
男人的臉燒紅
有時他們像太陽被霧罩滿
擠不出一點暖氣
有時他們只有半邊心
另半邊還在孩童時代
未發育的雞雞裡
無知卻純潔
一個走了很遠的女人

再也想不起最後和她做愛的那個人
是怎麼進門的

這首坦白、大膽，也是夠野夠媚的，「口紅以烈焰／慰藉寒冬／明日黃花繼續嬌豔」，這是性暗示的開始，做愛的前戲，女人啟動她的媚功；「把一個個熟悉的／男人的臉燒紅」，做愛到了高潮，血氣旺盛，滿臉通紅，詩人形容把男人的臉燒紅，實隱涵女人的熱情程度。詩意也體現男人的各種性格，末了女人想不起最後和她做愛的男人，是怎麼進門的，似乎在說她的情愛觀，很隨性也很隨緣「船過水無痕」，別老記著那些事！

我說女詩人的愛情觀很大膽、解放、隨性、隨緣，可以從她談戀愛的對象看，如〈情人節〉一詩，「我的情人多不勝數／釋迦牟尼、泰戈爾、馬雲，還有馮唐⋯⋯一個說禪／一個談詩／一個談星球之戰／一個上床／什麼也不說」。(註④)愛情人人想要，女詩人當然也想要，但在現代社會，不論愛情或婚姻，是越來越難以得到，年輕一代才流行「不婚、不生、不戀」，現代的年輕一族連「談戀愛」都放棄的人越來越多。這是因為現代潮流下的婚姻或愛情，「風險」太高、壓力太大、要犧牲的太多，「凡人」是做不到的。所以筆者並不勸人結婚，談談戀愛，快樂玩玩，寫寫情詩，像度母洛妃這樣，就是快樂又美好的人生。若有好緣，一夜愛情也不錯，人生有過就好，瞬間的美成為永恒的美，是謂最美。賞讀〈天亮了〉。（註⑤）

天亮了，你說你要走了
走吧，回到那萬人中央
緊緊相擁的地方
還留下不忍熄滅的燈光
這樣的愛情，如你的腳步一樣匆忙
既然要走，就該忍住回眸
不然只會增加憂傷
夜色和晚歌
如風割痛那寂寞的心腸
怎樣歎息也不能洩露秘密
天亮了，你該走了
所有的纏綿回歸最隱蔽的地方

儼如兩顆不同軌道的流星
在遠去的路上，劃成
彩虹一樣美麗的花殤。

這是「一夜情」，一夜愛情之所以浪漫唯美，有無限想像力，可謂是「一剎那便是永恆」；天亮了，各自分手，「所有的纏綿回歸最隱蔽的地方／儼如兩顆不同軌道的流星」，從此以後也不會碰到面，「彩虹一樣美麗的花殤」，一輩子典藏在心中。因為就是一夜，若是二夜、三夜…乃至數月，可能就不美了！變質了！愛情很難「保鮮」，更難長期持有。

凡是企圖將愛情長期保鮮，又想要恆久性的持有，必換來失望，乃至絕望或痛苦，因為把愛情看得太神聖，以為只有通過愛情，人生才得以完成「自我實現」，其實這正是人生「災難的實現」。徐志摩是這種典型的案例，他在〈致梁實秋的信〉一文中說：「我們靠著活命是愛情、敬仰心和希望。」胡適先生在〈追悼志摩〉一文中說：「他的一生是愛的象徵。愛是他的宗教，他的上帝。」可見徐志摩對愛情的憧憬是多麼「嚴重」，他在《愛眉小札》這樣說：（註⑥）

> 戀愛是生命的中心與精華；戀愛的成功是生命的成功，戀愛的失敗，是生命的失敗，這是不容疑義的。

假如做個民意調查，同意徐志摩論述的人可能不多，因為人生的成功是多方面的，愛情和婚姻以外的成功者，多得書之不盡。星雲大師、德蕾莎修女等，他們沒談過戀愛吧！但他們的愛不比志摩少，他們的成功也得到世人的頌揚。

回筆談度母洛妃的愛情，她是隨緣隨性的女子，她知道「人身難得。千百萬劫難遭遇的為人機會」，即為「有情眾生」，何不順情順義、隨緣隨喜而生活？在她詩集封底有一段文字。「一個頓悟空性的詩人筆下的情詩，竟是如此情深款款，妙曼婉約；激情跌宕，無怨無悔；她以愛止愛，以塵絕塵。披著情衣，淋著愛雨，一步一步走近她心底的空，世間的色。她的文字對一些墨守成規的佛教徒將是一次心靈與戒律的衝擊與震撼。」（註⑦）我是正式完成皈依的正信佛教徒，讀度母洛妃這些情詩，說實在，我沒有受到衝擊，亦未感受震撼，而是一種感動、欣賞、佩服，以及一些學習和長進，我也寫過不少情詩，現在看到情詩新樣貌。這要感謝文史哲出版社的彭雅雲小姐，她給我這本詩集並邀稿。

洛妃情詩是另一種激情和創意，多數作品在主題、理念、方法上都是新格局與方法。如〈給上帝的一封情書〉等，本文只能舉少例簡述，詩人最可貴的是一種真性情，洛妃不昧良知，不為名聲，只為真情真意，能不感動乎？

台北　公館　蟾蜍山萬盛草堂主人

陳福成　誌於二〇一八年中秋節前

附　註

註一　喻麗清編，《情詩一百》（台北：爾雅出版社，民國七十二年一月一日，三版），頁一—十四〈雜話情詩〉一文。

註二　度母洛妃，《捨了半生捨不了你》（台北：文史哲出版社，二〇一八年八月），頁一三七。

註三　同註二，頁七九。

註四　同註二，頁一〇〇。

註五　同註二，頁一一。

註六　金尚浩，《中國早期三大新詩人研究》（台北：文史哲出版社，民國八十九年七月），見第三章，頁二一七。

註七　同註二，見封底。

詩人一信大解放後近作賞讀

「解放」（Liberty，相對於Slavery），指稱人可從束縛中，徹底的自我解放，得到完全自由。但這種解放並非現代社會「只要我喜歡有什麼不可以」，到處隨便無序的個人主義、自私自利的隨便又任性的自由。我以為，大約如孔子說的「從心所欲而不逾矩」，我完全自由行事，而不會超越規矩之外，也不會防礙到別人。

近現代談解放，大致在政治、社會學領域。大思想家如阿多諾（**Adorno, Theodor Wiesengrund**）、涂爾幹（**Durkheim Emile**）、海耶克（**Hayek Friedrich- August**）、馬庫色（**Marcuse Herbert**）等，都在他們的作品中大談解放。

馬恩史列毛等共產主義信仰者，更用「解放」吸引各階層人民。但真實是，把人民從一個牢籠中騙出來，再關進另一座更不自由的牢籠。人為什麼容易受騙？就像現在台獨操弄台灣人民，幾百萬人信以為真，到處散播「台灣人不是中國人」毒素，沒頭沒腦的人也以為是，遲早會死的很慘！只能說有智慧的人極少，多數真的笨！

二〇一三年七月，我由文史哲出版社出版研究詩人一信的成果，《一信詩學研究：解剖一隻九頭詩鵠》，這是我研究一信這輩子所有出版的詩作，最後是以「思想大解放」總結一信的詩寫人生。引社會科學的「解放」用在一信的詩創作，從他的意境美學，與莊子逍遙遊相似，在莊子叫「浮游」，〈在宥〉說：「浮游，不知所求；猖狂，不知所往。游者鞅掌，以觀無妄。」浮游完全自由，沒有隔閡，主觀的境界是「唯我」又是「忘我」。以解放思想總結一信的詩創作，是因為他數十年「磨劍」，到了晚年的功力，劍已無形，化詩為劍，詩劍與人生成為一體，如浮游的自由往來，任意揮灑；浮游者如泳於江，他化入整條大江；如泳於海，他擁有整個大海。如有不信吾所述，請讀讀一信《飛行的頭顱》詩集，這本應是一信思想大解放的代表作品。作家、詩人、藝術家等，思想不解放，不可能寫出好作品。

大解放後，一信養病健身頗有成效，他的意志力和解放的心態，對身體恢復應是有幫助的。真佩服他老人家，他重拾詩筆，讓想像力再解放，長出翅膀，浮游在他的詩國天空。賞讀《秋水》詩刊第一六一期，這首〈憎嫌我的腳〉一詩。

我憎嫌我的腳　因為它
既不能幫我走上青史　又不能助我
登上巔峰
也不能跨越前人　更不會超越現代
連鬱悶之門　煩惱之網都闖不出

我憎嫌我的腳
走了一輩子　從未跨出一步榮耀
走到如今　已
兩腳無力　行進辛苦

我的腳　曾走過命運顛簸之途
也曾跨越痛苦鴻溝　硬闖生死之門
但現在卻散慢行走電視網路
陷身在八卦口沫中不思脫身

前幾年，一信動過數次大手術，對一位高齡長者是很傷身的。據他說，有一次醫生已宣佈放棄，在家人愛的呼喚下，閻羅王同情不收留，他又從鬼門關口回來，但肉體、元氣受傷乃是必然。所以，現在以行動不便憎嫌他的腳，其實是借他的腳回顧這一輩子，身為詩人最大的願望是能寫出傳世經典，能在文學青史佔一席地。「**不能助我／登上巔峰／也不能跨越前人……**」是詩人自我激勵的辦法，期許自己努力再努力，要寫出更好的作品。再讀一首他發表在《秋水》第 162 期的作品，〈雲對風說〉：

我是　密聚鬱悶的烏雲
唯有妳　是我生命　依托
有了妳　我才能長征萬里　暢行浩空
有了妳　我才能挾閃電霹雷震懾世界
期盼妳我能攜手同行　終身相伴
我們可以風雲滿天　風起雪湧

也可以退為雲淡風輕　風和雪霽
我不能過無風的日子

煩厭太陽的操弄
讓我起起落落難以安寧
只有你我相伴　才能
馳騁長空　縱橫遨飛天下

詩人現在還是豪氣萬丈——只欠東風。而這「風」又是誰？吾曰：「是思想解放、是浮游。」儘管詩人目前的身體（肉身）狀況，是鬱悶的烏雲，但有了風——思想解放了，吹開了雲，便能長征萬里，如閃電震懾世界，如浮游飄行浩空。這是詩人的想像力長出了翅膀，若東風不足，詩人亦可過著雲淡風輕的日子，就是不能過無風的日子，表示詩人還不想停止腳步，也不想放下詩筆，還想在詩國揮灑得更風光。

中國詩學的最高境界是物化境界，「物化」者，是審美主體和審美客體融合為一的境界，人與自然溶為一體。李白〈獨坐敬亭山〉，「眾鳥高飛盡，孤雲獨去閑。相看兩不厭，只有敬亭山。」詩人置身敬亭山中，面對眾鳥高飛、孤雲閑遊散步，彷彿自己成了敬亭山，或敬亭山就是詩人自己。此即主客合一，「天地與我並生，萬物與我齊一」，「獨與天地精神相往來」，乃是一種人生境界。在現實世界中，李白的「孤雲」和一信的「烏雲」，都一樣，不過是一朵雲，叫播氣象的房業涵小姐來說，還是一朵沒有感情的雲。但當詩人思想解放了，沒了束縛，成了自由自在的浮游，風雲山水都是人物情感，詩人便可以是雲是風是敬亭山。

情與物是詩的兩大基本因素，若為分析方便分成「物來動情」和「情往感物」兩種形式，實際都是主客交溶的結果。一信這幾首詩都善於使「情」和「物」對話，創造化境，包含下面這首〈告別〉（《秋水》一六二期）：

曾像漫遊的雲
撫愛過很多山之乳房
也曾如霑霈之雨
吻愛於仰起臉的土地

如今是有愛而不興波的風
靜寂輕逸　感於無動

這該是詩人一生的象徵寫實，從風光到寂靜，撫愛過很多山之乳房和霑霈之雨有性愛暗示，詩人這一生應該是很滿足的。雖　然現在是不興波的風，生活有愛就是富足。

自從《一信詩學研究》出版後，我就很想幫他辦個像樣的研討會，像我和一信這樣的人，同屬「無黨無派」，無資源靠山。經多次奔走，終於在彭正雄和林錫嘉兩位老大哥協助下，以「某種形式」辦成，感謝二位，並向一信致敬。

台北　公館　蟾蜍山萬盛草堂主人

本肇居士　誌於二〇一五年六月

一信　全家福照片

邀請《谷風》詩人群送關雲一程

五月初的一個晚上，女詩人關雲（本名汪桃源）的女兒打電話到我家，說媽媽走了……六十五歲……我非常震驚，不是開個刀，休養兩個月就要回來參加「三月詩會」嗎？怎麼就走了？?

這幾年，關雲過得很不快樂，各方面都很不「健康」，都反映在她參加詩會時的表情和態度上，在她提出的作品上。三月詩會每個詩人都知道為什麼？但全都幫不上忙。她生病時要寄一張卡片安慰，我也不「一個人」落款，而是找多人落款！

關雲走了！我碰到多位詩人均感極為不捨，她是對詩友很真誠的人，她把生活的苦和悶全寫在臉上，雖然這樣很不好。我不忍她這樣自苦的過子，曾企圖用佛法想減輕她的苦，告訴她「照見五蘊皆空、度一切苦厄」「能除一切苦、真實不虛」等語，也勸她把苦悶化成詩，讓詩歌去承担妳的苦悶，似乎無效，我功力不夠。

但關雲有過一段快樂時光，那就是她的「谷風時代」，她的為自信、她的健康（指思想），都可以從她主編的這份《谷風》双月刊看出來。《谷風》是報紙型詩刊，一九九四年六月四日創刊，行政院新聞局出版事業登記證，局版臺字第一〇九〇一號，可見她們是玩真的，認真的！

《谷風》的發行人和社長是李彥鳳（莫野）。主編關雲；據聞，加上夥伴王碧儀、宋后穎、晶晶，時稱「台灣詩壇五鳳」，這是關雲的風光時代。

因此，身為詩人的我等如何送關雲？想應是回歸到詩人本位，用關雲快樂的「谷風」送她最後一程。更邀請在《谷風》詩報上發表作品的詩人們，一起陪關雲走最後的人間詩道。以下按我手上僅有的《谷風》創刊號到第十期（欠第四期），略說之。

《谷風》創刊號（民83年6月4日出刊）

開宗明義的「谷風」輕吟，她的名字叫「谷風」，取幽谷和風之意。希望和風輕拂，百花齊放，百鳥爭鳴，百川集匯，共同呈現新詩真善美的面貌與境界。這期發表詩作的詩人有后穎、晶晶、莫野、碧儀、潘灝源、薛莉、楊平、筱華、娜蓮、王秀美、文曉村、林紹梅、劉菲、麥穗、王幻、金筑、藍雲、一信、張朗、謝輝煌，另有谷風詩訊、謝輝煌的賞讀杜牧〈山行〉散文。

關雲自己在創刊號有兩首詩，〈看盡繁花〉和〈與心靈相約〉，情境上都算健康、瀟灑，沒有後來的悲情，賞讀前者。

數著生命故事
總為多情風掠走
一朵潔白的雲飄過
襯著一彎新月
總任有情人吟哦
每個角落
來去之間
繁榮過也衰退過
每朵花
芬芳過也飄零過

即使生活中許多瓶頸
仍希望
好山好水
鳥叫蟲鳴長相隨

其實，此時的關雲，那些形成她的苦悶之「因」早已存在，但樂觀、有希望、有期待，故能快樂。另一個原因是「五鳳」還算「年青」，關雲在這期的小短文，寫到每月詩友相聚切磋詩藝，期許自己有朝一日，能有篇篇好詩問世。有積極的人生態度，也是能快樂的原因。

《谷風》第二期（民83年8月25日出刊）

這期的谷風詩人有品川、陳娜蓮、王碧儀、后穎、謝輝煌、莫野、薛林、吳明興、王秀美、杜潘芳格、葛平（大陸山西）、張朗、滌雲、吳長耀、語凡（新加坡），關雲也有三首詩，賞讀其〈旅人〉

望著天涯
望著一片遠去的浮雲
將一個一個的夢和希望
裝進行囊　整裝出發
追雲去

一路上看到
樹枝在舞
陽光在笑
翠鳥長鳴
就算沿途充滿荊棘
也感受到
生命中的燦爛與芬芳

這個旅人不管是別人或關雲自己，都是逍遙自在的，就算旅途中到處荊天棘地，也能感受到生命的美好。可見這時的關雲體內化解苦難的「機制」功能很好，千禧年後她慢慢的被命運打敗了。

《谷風》第二期也是童詩特展，一部份是小朋友寫的童詩，小二到小四的作品，如陳志揚、陳秋子、蔡玠泯、薛郁君、蔡志煌、涂益香、許嘉文、陳培萱、張雅惠、陳冠宇、藤田章子、蘇祖怡、林柳君、胡瓊孺，共十四位小朋友，他們現在約三十歲了。他們不知道「關媽媽」走了！

另一部份成人寫的童詩有風信子、品川、葉坪（浙江）、賴益成、台客、莫野、薛莉、碧儀、關雲、宗玉潤、紫楓、江天（武漢）、方素珍、筱華，賴益成另有一篇〈淺談如何欣賞成人為兒童寫的詩〉，謝輝煌有一篇王碧儀〈又見紅棉〉讀後。這期谷風詩訊公告第三期主題「金石展」，第四期，「風景詩」。

《谷風》第三期（民83年10月25日出刊）

這期除關雲主編，加上王碧儀執行主編，谷風詩人有王碧儀、晶晶、莫野、品川、宋后穎、薛莉、王少鸞、謝輝煌、吳長耀、王霓、葉坪（浙江）、胡劍（四川）、王吉彥（吉林）、梅燕龍（四川）、元剛（四川）、謝枚瓊（湖南）、筱華、陳錦標、台客。

這期的金石展，以第三版全版刊出治印大師石獄老的作品廿六件，及晶晶的一篇簡介說明。柳易冰（中華台港暨海外華文研究會理事），有一篇谷風詩報印象，關雲在這期的作品是〈山靈〉：

也許真的
前世便是註定好有緣
從滾滾的紅塵
訪幽深的群山
貪婪也衹想吸盡
蒼茫浩瀚之靈氣
因為你是愛之海，充塞萬物於真善美之中
從你身上
使我感受到真理的使命　無非是希望

芸芸眾生裡
當內在的靈魂都安定了　也更加
篤定每一片生命的緣

這時的關雲除了是快樂、積極的女詩人，也有強烈的求知欲，以提昇自己的層次，「貪婪地祇想吸盡／蒼茫浩瀚之靈氣」，看這女子氣魄還不小。這期谷風簡訊刊出女詩人林玲病逝，台客出版《故鄉之歌》，三月詩會週年慶，第十五屆世界詩人大會在台北舉行等。

《谷風》第五期（民84年2月25日出刊）

從第五期開始，谷風宣告進入新的年度，內求詩品的精，外求刊頭題字的美，這期「谷風」二字刊頭是許瑞先先生的書法作品。本期詩人群是晶晶、后穎、張朗、紫楓、王碧儀、莫野、謝輝煌、劉菲、汪洋萍、王幻、麥穗、文曉村、品川、林晴瑋，雲如、劉建化、林紹梅、張朗、林恭祖、楊火金、吳明興、台客、吳長耀、雁翎、莫云、薛雲，這期關雲有兩首詩，賞其一〈春望〉：

我們的生長啊！
幾乎源自故鄉
四季如春的新綠和蓊鬱山林
我們走過山川、城市
處處皆為一望無邊的遠景

啊！青春和活力
心靈飛躍
一種熱勁的舞蹈
是紓解身心均勻的呼吸
在舞者心中
處處有生命的豐美

每條路、每道水源

與心靈互相銜接
化成了我們生命的活水
因而敞開無限
晴空亮麗為每一日

看得出來此時的關雲，思想是開放的，心胸是開敞的，她歌頌青春，企圖「天人合一」的境界，「每條路、每道水源／與心靈互相銜接／化成了我們生命的活水」，所以，她快樂！

第五期也是大陸詩人的專集，有松籽（深圳）、何為（浙江）、阿斌（山西）、程子量（河北）、楊輝隆（四川）、嵐翼（河北）、狄秋（雲南）、浪子（浙江）、江天（武漢）、流颯（山東）、江月（湖北）、邵健（安徽）、達海（上海）、戈仁（廣東），外有語凡（新加坡）。短篇散文有謝輝煌讀莫野小姐〈玉〉詩後，麥穗〈夏菁首創折疊式迷你詩頁〉。

《谷風》第六期（民84年4月25日出刊）

谷風走過一年了，獲得「統正、公正、嚴肅、深刻的藝術見解」評價（重慶《世界漢語詩刊》阿瞞和張勇的談話；「五鳳」也將在今年六月四日辦週年慶。第六期的詩人群有文曉村、紫楓、魯松、謝輝煌、筱華、台客、謝政芳、吳思飛，藏晶、吳長耀、雁翎、薛雲、王鎮庚、吳明興、楊平、余興漢、詩薇、晶晶、滌雲、碧儀、莫野、邱平、藍善仁、宋后穎。關雲在本期有兩首詩，賞其一〈石頭情：致愛石成痴的台客〉：

默默無悔
一遍一遍細心的養護
欣見顆顆大小之石
遠觀似一尊貓頭鷹
近賞群峰奇脈
無私的壯麗
散發深情而多姿

你在自我之內靜觀這個花花世界
情的種子如你
充塞著無限靈氣和生趣
不讓自己如跫音掩蓋大地的喧囂
怯光之目　僅
以另一種投射於你身上的陽光
寂寞，是一種美

本期的大陸詩人有賈丹華（浙江）、硃紅梅（北京）、浪子（浙江）、吳開晉（山東）、流渢（山東）、碧濤（浙江）、林力安（香港）、水曹郎（廣東）、趙華亞（上海）。另有短篇散文，晶晶談三月詩會，麥穗談台灣光復後第一位省籍女詩人李政乃。

《谷風》第七期（民84年6月25日出刊）

這期因週年慶的文章佔一半，詩作也少了大半，以「本社」之名的谷風週年慶茶會側記，可知當時騷壇要角參與盛會或提祝賀詞，可謂風光一時，如李銘愛、李政乃、張秀亞、王幻、王牌、金筑、汪洋萍、麥穗、劉菲、文曉村、謝輝煌、邱平、林恭祖、筱華……。而主編關雲是風光裡一顆明亮的焦點。

本期的詩人群像有呂青、何光明、吳苑菱、莫野、曾美玲、方群、紫楓、丹萱、劉建化、謝輝煌、筱華、楊平、碧儀、王鎮庚、邱平、司馬青山、賀志堅、雁翼、薛林、荒馬。關雲有一首〈六月晴空〉：

曾經用激情的眼神
固執地尋找風景裡更亮麗的詩畫
仰首六月晴空　艷陽熱烈
人世間道路的曲折
只有浪濤知道

當塵埃沾染身軀時
仍以一種單純的心念
　寬闊的愛和包容

讓活力熱情真誠的靈魂
坦率散放
深信 心決不會凋零
淨土常在

本期的大陸詩人尚有紹健（安徽）、江天（武漢）、徐煥雲（湖北）、戈仁（廣東）、楊廷奎（山東）、流渢（山東）、夢鄉（四川）。這期向明有一篇兩千字詩論，〈從熱情到冷感：站在九〇年代間的中線上看詩〉，寫的是現代詩面面觀，認為九〇年代後詩已「冷」了。但我看還是很熱，只能說有些人冷，有些人熱，古來皆然。

《谷風》第八期（民84年8月25日出刊）

本期谷風詩人群有品川、筱華、王碧儀、林紹梅、詩薇、吳明興、莊雲惠、丹萱、傅邦賢、麥穗、吳長耀、莫野、張朗、喬洪、雁翎、風信子、邱平、謝輝煌。另有向明的兒童詩專輯，短文有謝輝煌的向明童詩專輯讀後、汪洋萍談新詩的未來發展、晶晶談「秀苑」。

這期也是大陸詩展專輯，詩人群像：鄧長青（湖南）、曾冬（湖南）、舒中（山東）、吳開晉（山東）、張智（四川）、敏捷（湖北）、劉賢忠（山東）、水曹郎（廣東）、李喜柱（黑龍江）、南亭（河南）、伍實强（湖南）、徐海東（江蘇）、裴梅琴（山西）。本期無關雲詩作，她仍是主編。

《谷風》第九期（民84年10月25日出刊）

這期詩人有晶晶、藍善仁、王碧儀、黃越綏、張朗、莫野、陳欣心、一信、曾美玲、李俊東、丁威仁、吳明興、謝輝煌、邱平、吳錫和、詩薇、雁翎、魯松、張朗、溫素惠，關雲有詩一首〈荻花之愛〉：

佇立荻花莽莽的岸邊——
天地默默
千頃波濤
盪起生命的悲喜、繁華與荒涼

故人已去
河隄荒蕪
依舊歲歲西風
年年荻花

讀這首詩有一股莫明的悲涼自心中浮現，是不是關雲在生活上產生重大轉變？「故人已去／河隄荒蕪」，人生的顏色開始有些灰！

這期大陸詩人有聖野（上海）、徐聲凱（廣西）、雁翼（深圳）、戈仁（廣東）、楊吉男（湖南）、周惠芬（河北）、羅蓮（貴州）、舒中（山東）、片馬（北京）、阿斌（山西）、陳紹新（貴州）、萬小雲（甘肅）。其他尚有舒蘭（美國）、魯鳴（美國）、黃奇峯（美國）、觴之惘（新加坡）、李少儒（泰國）。

本期短文有晶晶談薛林的「小白屋幼兒詩苑」，謝輝煌的代薇〈朝天門碼頭〉讀後。

《谷風》第十期（民84年12月25日出刊）

這期谷風詩人有劉建化、林紹梅、莫野、筱華、宋后穎、曾美玲、邱平、謝箴、謝輝煌、雁翎、王碧儀、張朗、吳長耀、丁威仁、喬竑、東山客、楚楚，而關雲有一首小詩〈老牛〉：

我知道　我來到這個世界
要走許多路
仍一味像條油漆剝落的船
接搖擺擺的航向原野
祇為
尋找一方愛的心田
讓沉睡的泥土
自朦朧中甦醒

這老牛是誰？仍存著希望，要找到一方有愛的田園，人只要存有希望就好，就怕絕望。本期大陸詩人有朱文傑（西安）、鄧長青（湖南）、林野（江蘇）、莫宏偉（廣東）、余叢（江蘇）、吳震寰（廣東）、周以純（遼寧）趙月明（山東）、懷白（陝西）、片馬（北京）、聖野（上海）、曾冬（湖南）、水曹郎（廣東）、陳紹新（貴州）、楊清廉（湖南）。其他尚有王心果（香港）、方然（新加坡）、黃奇峯（美國）。

短文有敦敘堂的抒情詩的形式，長文有謝輝煌讀邱平〈園中的象：哀大象林旺〉。編輯部也公告，明年新增「谷風詩話」專欄，就新詩的形式、修辭、意象、語言等，將有更深入的論述，看來更有看頭了。

以上僅從我手上有的《谷風》詩報，按關雲所主編取用的詩人群略記，並賞讀幾首關雲的詩亦示紀念回顧。前述各詩人只有少數先行者，先一步到西方詩國，大多仍健在。先行者就在那邊迎接詩人關雲，而健在的谷風詩人群就陪關雲走最一段人間路，並祝她一路好走！

我和關雲並無深交，只不過在三月詩會雅聚談談詩觀。近幾年看她過得很不快樂，大家也幫不上忙。去年（民102）她仍計畫要出版詩集，都因諸多問題的糾纏而未果，很可惜！雖然只是普通朋友，我覺得她是一個真誠的朋友，她也是三月詩會元老級詩人，在台灣女詩人這一方小小的世界，她不是「霸主」，不是天后，至少曾是三月詩會一朵花，也是「谷風」中，一股新鮮純淨的和風，可敬的女詩人。（台北公館蟾蜍山萬盛草堂主人、三月詩會會員陳福成　記於二〇一四年五月，關雲西去後幾天。）

小記：關雲，本名汪桃源，一九四九年生，湖南茶陵人。花蓮私立四維高中畢業，曾選修空中大學。著有《在智慧邊緣的孩子》，口袋詩集《夢在星光下》等。曾任幼教及代課老師，與女詩人王碧儀、宋后穎、晶晶、莫野五人共創《谷風詩報》，詩壇有「五鳳」之雅號。關雲創作範圍有散文、詩、小品、童話等。得過第六屆小白屋幼兒詩獎、三十屆耕莘佳作獎，民國八十四年獲優秀青年詩人獎。他是中國文藝協會、中華民國新詩學會和三月詩會會員，作品散見台灣《秋水》、《葡萄園》、大陸《鳳梅人》報等兩岸重要報刊雜誌。

左起：關雲、晶晶、謝輝煌

左起：徐世澤、林恭祖、關雲

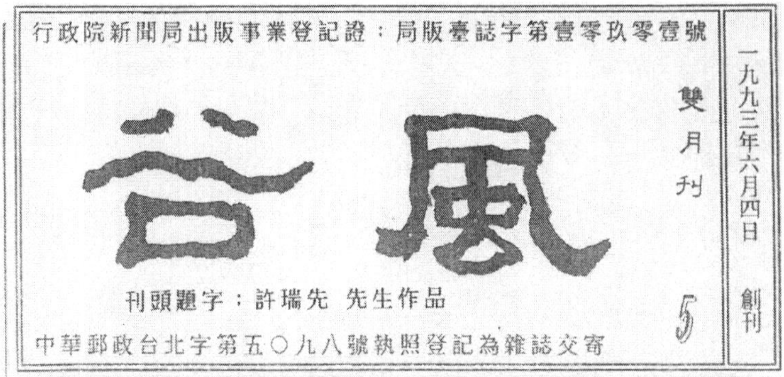
行政院新聞局出版事業登記證：局版臺誌字第壹零玖零壹號
谷風
雙月刊
一九九三年六月四日
創刊
刊頭題字：許瑞先 先生作品
5
中華郵政台北字第五〇九八號執照登記為雜誌交寄

行政院新聞局出版事業登記證：局版臺誌字第壹零玖零壹號
谷風
雙月刊
刊頭題字：周春芳 先生作品
6
中華郵政台北字第五〇九八號執照登記為雜誌交寄

行政院文化建設委員會 贊助
行政院新聞局出版事業登記證：局版臺誌字第壹零玖零壹號
谷風
航仙
雙月刊
一九九四年六月四日
創刊
刊頭題字：方航仙 先生作品
7
中華郵政台北字第五〇九八號執照登記為雜誌交寄

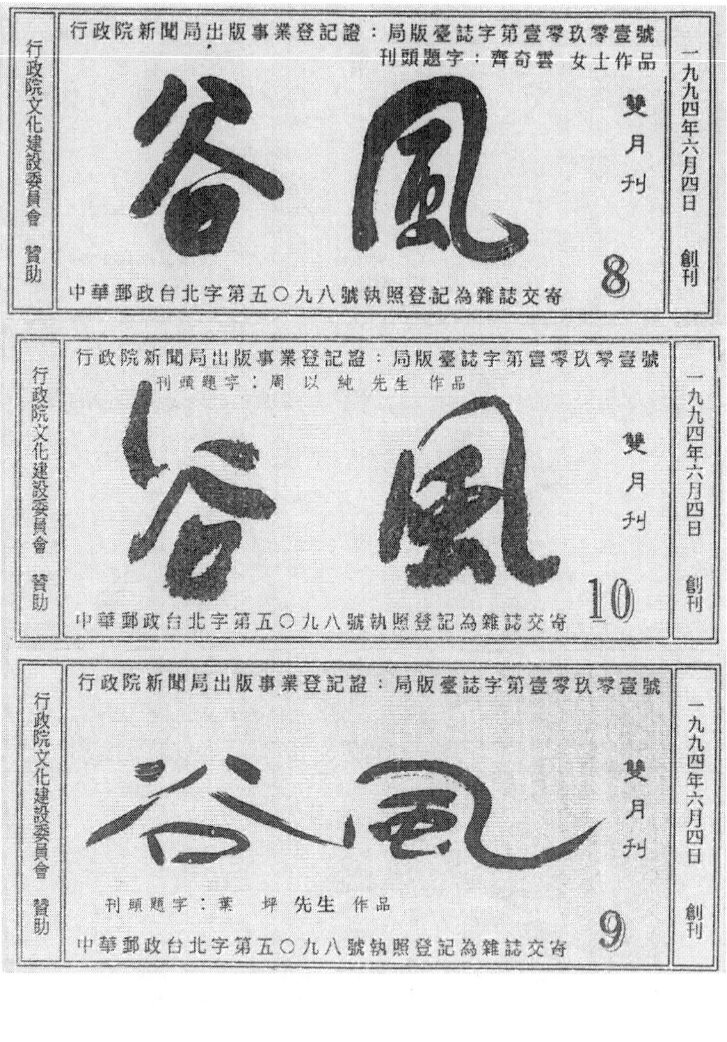
行政院文化建設委員會 贊助
行政院新聞局出版事業登記證：局版臺誌字第壹零玖零壹號
刊頭題字：齊奇雲 女士作品
谷風
雙月刊
8
中華郵政台北字第五〇九八號執照登記為雜誌交寄
一九九四年六月四日 創刊
行政院文化建設委員會 贊助
行政院新聞局出版事業登記證：局版臺誌字第壹零玖零壹號
刊頭題字：周以純 先生 作品
谷風
雙月刊
10
中華郵政台北字第五〇九八號執照登記為雜誌交寄
一九九四年六月四日 創刊
行政院文化建設委員會 贊助
行政院新聞局出版事業登記證：局版臺誌字第壹零玖零壹號
谷風
雙月刊
刊頭題字：葉 坪 先生 作品
9
中華郵政台北字第五〇九八號執照登記為雜誌交寄
一九九四年六月四日 創刊

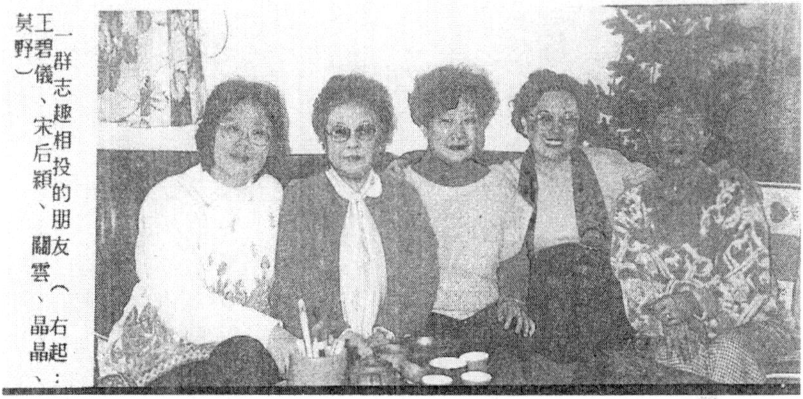

一群志趣相投的朋友（右起：王君儀、宋后穎、關雲、晶晶、莫野）

《谷風》創刊號，1994.06

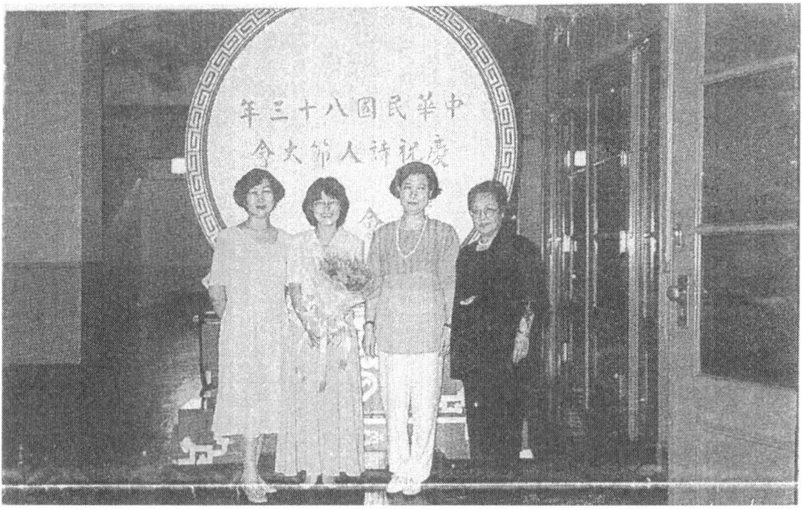

《谷風》第二期 1994.08.25

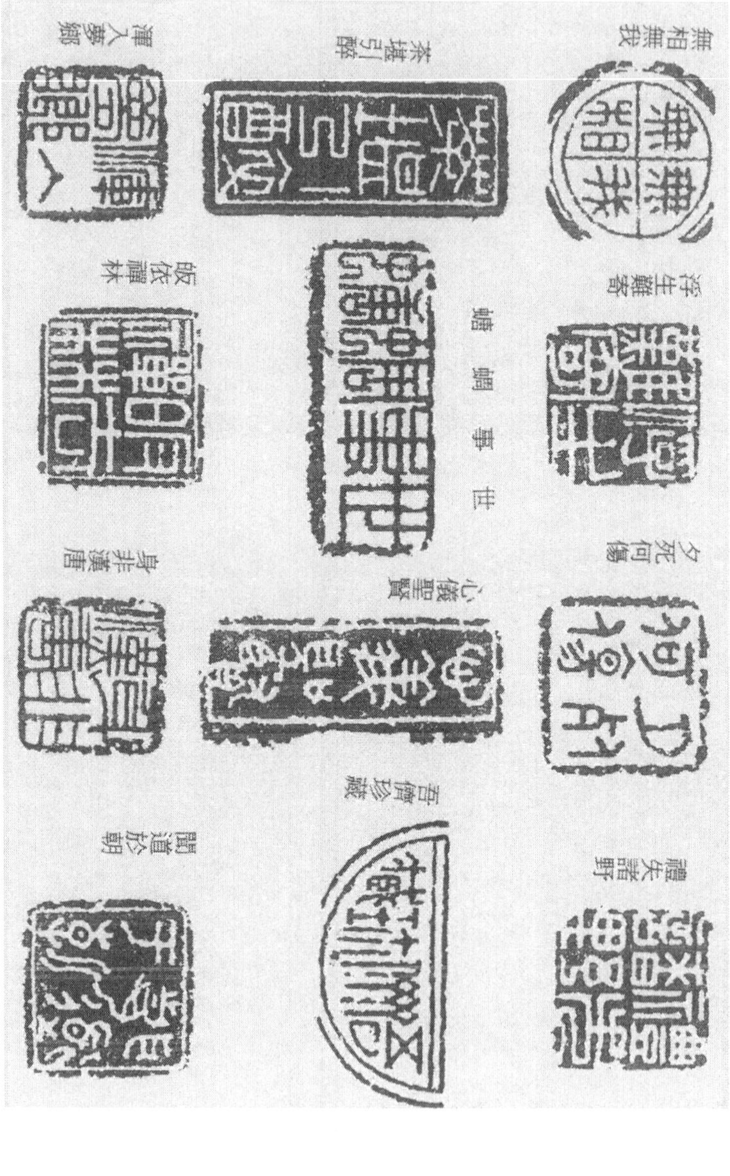

石獸老(許瑞先)金石展・《谷風》第三期第三版全版

135　邀請《谷風》詩人群送關雲一程

二〇一四年五月十四日再補記：

今天收到關雲的訃聞，打開看一段感性的話。

我們親愛的母親汪桃源老夫人，
緣盡於民國一〇三年五月三日（農曆
初五日）下午三時五十分。
在女兒的陪侍下，莊嚴的佛號聲中，
安詳的離開摯愛的家人、親友。
距生於民國三十八年四月二十四日，
走完了六十六年人生歲月。
雖然，我們多麼不捨，如今還是離開
了！
親愛的母親：願一路好走，了無牽掛。
為您祈福。

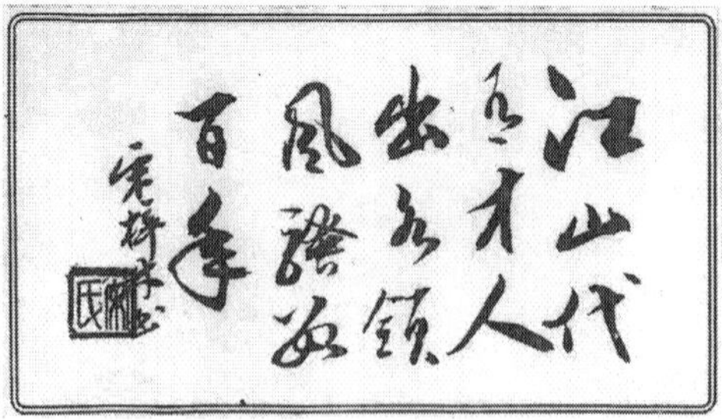

《谷風》創刊號

關雲公祭時間，在民國一〇三年五月二十二日於第二殯儀館。正好這天由我必須親自主持的「台灣大學退聯會千歲宴」舉行。我是該會理事長也是現場主席，當日現任台大校長楊泮池教授親臨致詞，多位前任校長會也會到場，整天的「千歲宴」活動，我這主辦單位總負責人，一分鐘也不能離開。

我只好拿起電話，告訴關雲的乖女兒玉印、玉潤，說明不能參加你們媽媽的公祭，並安慰、鼓勵她們，今後沒有媽媽的照料，要好好自己保重，三姊妹也要互相照顧，好好生活。

關雲的有三個女兒（長宗玉印、次玉潤、末玉潔），老二玉潤受媽媽啟蒙，詩也寫的很好，曾有兩本自印詩集：《笑看紅塵》和《相思未了時》。若能再加油，有機會在台灣詩壇成為一顆閃亮的小星星。

關雲的走，多日來知道的文友都很感傷，她才六十幾歲，給大家太意外了，只能說人生無常，若她八九十高齡才走，那是自然的事，大家也就不感傷了！她是可愛的女詩人，文壇詩界的好朋友。

如最近才走的周夢蝶（93歲），走不久的鍾鼎文（100歲）和紀弦（103歲），詩壇上沒有感傷的氣氛，而是隆重的紀念、追思！

帝王將相、販夫走卒、富翁和窮光蛋，也都遲早要西去，啥也帶不走。佛法說的「萬般帶不走、只有業相隨」。這世她早走，或許是前世的業，屬個人因緣；這世的關雲是個真誠的女詩人，也祝福她一路好走，到西方極樂世界好好創作、寫詩、吟詩給佛祖聽。

給大陸詩人金土先生：

關於《華夏春秋》詩刊在大陸開辦說明

大約近十年前，我理解到中國的崛起和統一之勢，已然不可逆，並極可能在二、三十年內完成實現，使「廿一世紀是中國人的世紀」真正來臨。身為住在台灣的中國人，要為吾國、吾中華民族做些什麼？我從文化上手，開辦《華夏春秋》雜誌，每年四期，每期贈台灣各界一千本，贈大陸各界五百本。當時的宗旨和展望是：

第一、積極宣揚中華文化，用文學詩歌、現代（傳統）詩等各種表達方式，體現中華文化之美。

第二、以「中國學」為核心思維，向兩岸人民推展對吾國吾族歷史文化的了解，我們須要認識自己。

第三、「中國學」包含有和吾國吾族相關的政、經、軍、心，涵蓋當代與吾國有關的亞洲和國際問題。

第四、中國學的核心思想是春秋大義、仁政、正統和統一。（此即孔子在《春秋》及春秋三傳之核心思想）

第五、《華夏春秋》是中國人的共同舞台，我們「以筆為槍」，向西方「中國威脅論」者反擊，批判美國為首的西方霸權主義，制壓（消滅）倭國軍國主義者。

《華夏春秋》創刊號，在二〇〇五年十月出刊，有兩岸作家、詩人發表數十篇作品。可惜只發行到第六期即因種種原因停刊（註：前三期刊名《中國春秋》，後三期刊名《華夏春秋》。）

《華夏春秋》在台灣停刊後，大陸曾有詩人、作家朋友來信問我，要在大陸復刊，問我意見！我均答以「我樂觀其成、無條件、成功不必在我、我們應為國家統一、民族復興做出一點貢獻等」，後來復刊均未果。

直到幾年前，遼寧綏中的中國《詩海》金土先生，來信問我他要復刊，我亦如上回答。終於，金土先生真的在大陸把《華夏春秋》復刊了，也宣揚中華文化的文學詩歌之美！我很感動！每一個中國人，每一個炎黃子孫，都應該思索，大家來到神州大地走一回，人生苦短，你到底為吾國吾族做了什麼？

不久前，我收到金土先生於二〇一四年四月十五日的信，告知《華夏春秋》要從報紙再開辦詩刊，我當然支持，也沒有任何指導意見，成功不必在我。任何詩人、作家朋友，不論在台灣或大陸，我都期勉能為吾國吾族做出小小的貢獻，人生才沒有白走一趟！

末了，我預祝增辦《華夏春秋》詩刊順利成功。詩海的作家、詩人們身體健康、作品如勇泉、附帶一提，我寄給金土先生的作品，均無條件給你引用，做任何須要之用，我的作品完全合乎前述五大宗旨。耑此　再祈願

詩海及各位詩人作家萬事如意

積極宣揚中華文化

兩岸文流順利　早日和平統一

弟陳福成　草於台北　二〇一四年五月廿三日

P.S：我因近日忙於台灣大學諸多雜務，延遲來信，請見諒，附照片二張。

二〇二〇年再記：

這封給大陸詩人金土的信，寫於二〇一四年五月《華夏春秋》雜誌在大陸復刊(季刊)，到本書出版時仍在按時出刊。

《風雨滄桑》劉焦智爲父立傳暨我的山西芮城情緣

認識山西芮城辦《鳳梅人》報的劉焦智先生，大約有七年了），我們才只有兩次相聚相見，奇怪嗎?也不奇怪，我有多位在大陸的好朋友（如河南安陽的詩人王學忠），「認識」好幾年了，至今（二〇一四年十月底寫本文時），也還從未見過學忠兄的「廬山真面目」。

最早我先接觸到的《鳳梅人》報紙，大概來自詩人文曉村和秦岳，早期的《鳳》報我都仔細看，為要了解到劉焦智的背景和思想。當然，也零星的看到焦智兄寫他的父親劉開珍老先生，小品文寫得極真誠、感人。例如，在《鳳》報總第廿六期，有一篇談榮辱的短文，焦智每日思索的幾件事，包括父母療病、生日和埋葬時所花的錢，是掏夠數了呢？還是沒有？若一時手頭緊未掏夠，大部份是兄弟姊妹掏了，自己是心安還是不安？是榮是辱？

凡此，看了很多期《鳳》報，加上別人所述，我綜合整理我心中的「劉焦智形像」，很快得出他有三個特質：（一）他是孝子（按我國《孝經》的標準；（二）他以復興中華文化為己任；（三）以俠義精神做為立身處事和經商之原則。

我說按吾國《孝經》一書的標準，「孝」是中華文化裡極重要的核心價值，孝順父母若只在供給吃喝，這還是很「初級」的孝，而「中級」孝是彰顯父母之德，從一些生活細節去了解，彰顯父母慈愛之德。當然，「最高級」的孝是所謂的「移孝做忠」，為民族盡大孝、為社會國家盡大忠。這是《孝經》詮釋「孝」的三個層次，凡是讀過幾本書的中國人，大概都知道中國人講「孝」是很有深度的。

劉焦智的孝，已過了初級，主要在中級範圍，這已是絕大多數人做不到的層次。但若把「以復興中華文化為己任」項深入觀察、了解，他投入個人極有限財力辦《鳳》報，不顧外環境之不利，拼了老命也要幹下去。本質上，也有了盡大孝大忠之意涵。焦智兄在寫父親劉開珍老先生《風雨滄桑》這本書，開宗明義說：

劉開珍老先生，芮城縣西陌鎮朱陽村人……。一生勤勞檢樸，為人正派，辦事公道）；廣仁博愛，教子有方。在那貧窮的歲月裡，他用不屈的脊梁，為家庭遮風擋雨，為兒女哺食，為鄉親廣做善事，為社會創造價值；他剛直不阿，辯事公道的人品，至今留給子孫後代是一筆寶貴的精神財富。這種精神，鼓舞著他的兒女們拼博人生，叱咤商海，奉獻社會，各有建樹。

父母先祖之德由兒女口中說出，筆之於書，並傳揚下去，成為一個家族的「傳世家風」，進而為社會創造價值。包含劉焦智自己開辦鳳梅五金店、他弟弟智强和智民經營的西陌建築公司，壯大成功後，能為地方做很多公益，出錢出力，智强更是山西省人大代表。這些，都是先祖之德、傳世家風先形成了人格，這是崛起的中國常民社會中，最須要也最可貴的典範。

大約二〇〇九年間，我的寫作計畫中，正思索要找一位「春秋典型人物」，我不找那些偉人、元首、部長或各界的天王、大師等人物，我要找一位生活在小老百姓的左鄰右舍中，在常民社會的「小人物」，而他的思想、行為有春秋大義的內涵，可以成為當代中國社會上，所有小老百姓的典型代表。「劉焦智典範形像」在我腦海浮現，又經過不少時間的修整，做些觀察和比較，研究手上《鳳》報在內的若干資料，思索章節架構安排等。

終於，《山西芮城劉焦智《鳳梅人》報研究：論文化文學藝術文流》一書出版了，由台北文史哲出版社於二〇一〇年四月出版發行。這並不是一本創作型的書，而僅是針對一個人物的典型事蹟，做報導、介紹。該書第三篇，還收錄劉焦智的五篇文章，由他自己現身說法。

有了這本書的因緣，我進一步和劉焦智拉近了距離，他邀我到芮城參訪。二〇一〇年十月，我邀約吳信義、吳元俊二位師兄同行，從十月二十九日台北出發，參訪山西芮城，到十一月六日回到台北，前後九天的行程由焦智和他的弟弟們安排。參訪了永樂宮、大禹渡、解州火神廟、關帝廟、關帝故里、常市村、舜帝陵、洪洞三蘇監獄、大槐樹、呂洞賓故居、歷山、風陵渡、西侯度、朱陽村。行程的第三天，在芮城縣政府舉行盛大的文化交流暨歡迎會，常委、宣傳部長余妙珍女士親自主持、接待，是此行的高潮。

此行見面、交流的芮城友人尚有：女作家張西燕、文化人張亦農、對台辦主任吉自峰，以及趙志杰、黨忠義、侯懷玉、李孟綱、楊天泰、董世斌、郭玉琴、劉有光、范世平；以及焦智親友、朱陽村左鄰右舍等數十人。這是我第一次應劉焦智邀訪，回台後不久出版《在「鳳梅人」小橋上，中國山西芮城三人行》一書，由台北文史哲出版社於二〇一一年四月出版發行。

同年，二〇一一年九月九日到二十日，共計十二天，第二次參訪芮城及永樂宮第四屆國際書畫藝術節，人數擴大成六人行（吳信義夫婦、江奎章、吳元俊、台客和我）。此行回台後，我整理六人行作品和大陸朋友作品有黨忠義、薛小琴、楊天泰、楊雲、劉有光、張堆、范宏斌、范世平、馮福祿、謝廷璧、管喻、李孟綱、孟彩虹、劉焦智等，又出版了《金秋六人行：鄭州山西之旅》，二〇一二年三月由台北文史哲出版社正式出版發行。

認識劉焦智才幾年？兩次參訪相聚的機會，就能開出這麼豐富的芮城友誼花果，出版三本事，與這麼多祖國的文藝創作者結好緣，這是前輩子就已種下的因苗。我是佛教徒，按佛法詮釋一切人生、社會和宇宙所有發生的事，「萬般帶不走，只有業相隨」，這些都好緣是一種「善業」，會隨生命的流轉，生生世世都有「善果」可收。兩次芮城行，獲益最多的是我。

西方有俚語「Like father, like son」。翻中文是「有其父必有其子」。研究劉焦智這個人的性格、作為，都可以從他父親劉開珍老先生身上看出，原來那是一種基因傳承。老先生得子甚晚，四十歲生長子焦智、四十五歲生智强、四十八歲生智民、五十二歲智勇，在那個年代，中國大地普遍的貧窮，更是一個人吃人的黑暗時代，永無休止的政治清算，帶給人民無數苦難，人性也變質了。但劉老先生「沒有受邪門歪道所影響，挺著不屈的脊梁，為家庭遮風檔雨」，老先生肉體受到多少痛苦！頭破血流也不知多少回！依然堅持自己做一個正直不屈的父親，做一個「正常的人」。劉焦智在《風雨滄桑》這樣說：

回過頭再看幾十年前的歷史，卻感到欣慰和自豪：如果沒有這個剛正不阿的父親，生長在那個「主旋律出了錯」的年代裡，在他們三兩歲、七八歲、乃至十幾歲的這個不僅身體在成長、而且思想品德恰好也在同時形成的成長期裡，怎麼能夠遠離那個「有了政權就有了一切」——這種「強盜文化」的侵蝕？怎麼能夠遠離那個幾乎形成潮流的、為了名利而已結權貴、低三下四，下流無恥的惡習呢？而當社會真正步入到人盡其才、物盡其值的時候，兒女們從他言行行舉止的一點一滴中模仿和學到的那種高尚品德不就變成了看得見、摸得著的物質財富了嗎？

讀者看倌可閉目深思試想，你——或任何為人父母者帶著一家老小，身處在四週盡是低三下四、下流無恥、強盜文化的惡質環境，又沒有能力效法「孟母三遷」找個好環境住下——而在那個年代，搬那裡也差不多吧！

有什麼辦法可以救救下一代？讓兒女不染惡習，唯一的辦法是身為父親的人能做頂天立地的漢子，從嚴教導自己的兒女。在《風雨滄桑》一書有多處寫到劉老先生的嚴管善教，有次兒子玩撲克，被老父扯碎扔到豬圈裡，至今幾個兒子都不打牌、不玩麻將，一心撲在祖國、為人民的事業上。

在劉焦智經營的「鳳梅五金店」門口有對聯，「美德　老弱病殘我不欺　祖傳　虎豹豺狼我不懼」，是怎樣的「祖傳」養成兒女們這樣不懼惡勢力的性格？在《風雨滄桑》一書，劉焦智回憶父親一個不大不小的事件：

> 劉開珍一生為人仗義，眼裡容不得半粒沙子。有一回，村裡一個家勢強的人，欺負弱家，他怒火中燒，都六十左右的人了，還要衝上去幫人家打架。——雖然由於家人的攔阻而沒有使他的義舉得以實現，但那個以強欺弱的「虎威」，被他，「敲山」的正義所震服，因此，「欺弱」也很快平息了。

《風雨滄桑》這本書是劉老先生的奮鬥史，是焦智兄從童年到懂事的青少年所見劉家對抗惡勢力的血淚史。其中有些情節讀來叫人熱血沸騰且深具教育意義，應該流傳下去，以惕勵劉家後輩子孫。

《風雨滄桑》一書分兩部份，首部主述劉開珍老先生，二部是焦智和事業夥伴友人等書寫的短篇散文。在〈精神財富〉一文，焦智寫到公元二千年正月初八，擁有百萬資產的他，女兒出嫁時，給女兒的嫁妝是精神財富，兩塊牌匾，上有兩句話：「為人正派　辦事公道」和「有志者事竟成」。很顯然的，這是希望彰顯劉父的精神並傳承子孫。吾人深信，如焦智在書中所述，劉老先生的優秀品德，將世代相傳，一代更比一代強，劉家的自立自強、辦事公道的正氣蔚然乘風，發揚光大，永遠成為世人學習和效仿的榜樣。

《風雨滄桑》於十多年前已在大陸出版，此次再版，焦智兄問序於我，惟我中國民族早有優良傳統，著書立說提序者，通常為德高望重或碩學通儒。我和焦智相交短短幾年，讀過他在《鳳》所寫的許多作品。對他的思想、志業及劉家奮鬥史深有所感，略說這段情緣和感動，附於《風雨滄桑》，是我難逢的因緣和有幸。

台北　公館　蟾蜍山萬盛草堂主人

陳福成　誌於二〇一四年十月底

爲播詩種與莊雲惠詩作初探

——暨莊老師的詩種花園詩友會舉辦經過

壹、緣　起

佛法開示，「一花一世界、一葉一如來」，說明眾生和大千世界一花草一砂石都是不一樣的。不僅各有所別，且自成體系，一片葉子就是如來（裡面有很多學問），人也不能完全知道一片落葉裡，到底藏有多少學問和秘密，一花一葉，一人一物，都有不同屬性和特質。

我創作、寫詩五十年了（初中開始），但文壇詩國始終離我遠遠的，我喜歡站在遠處觀察、欣賞，除極少的特別因緣會成為「一掛」；我並不熱中於交流、交際，或許這就是我的屬性、我的特質，我的世界。

我站在遠處觀察詩壇，近幾年來把重點放在「詩的播種者」。到底誰才是「詩的播種者」？有把余光中、羅門、洛夫、一信、張默等台灣詩壇四十多個「重量級詩人」稱播種者。但，吾以為，不是，他們是拓荒者、自我實現者。在我的觀察名單中，最後確認莊雲惠才是「真正詩的播種者」，她把詩種播在國小、國中和高中（職）這些孩子的心田裡，「這不是詩的播種者這是什麼？」

兩年多前，我開始注意女詩人莊雲惠的童詩開班授課情形，及她班上（國小、國中、高中職）小詩人們的創作發表。把這些孩子發表在《葡萄園》和《華文現代詩》刊的作品，全部好好閱讀、評述，以及莊雲惠的作品也進行初步的理解，正式出版《為播詩種與莊雲詩作初探暨莊老師的詩種花園詩友會》（文史哲出版社，二〇一五年十一月）。

怎樣讓這些詩的幼苗有「不一樣的成長機會」？能夠不同於莊老師上課的模式！我想到比較簡易、可行的方式，是為這些孩子辦個「詩友會」，這是我一開始所構想，覺得「該做」的事，詩壇應該要向下「植根」。

貳、籌備經過

空有構想不能自行，若僅在文章裡「說」而沒有實踐力行，也真是「查伯郎春一只嘴」（台語發音）。何況還要有不少銀子、人力幫忙才能成事，我最先向《華文現代詩》社長鄭雅文小姐（她也是台北崇她社社長）報告，她二話不說大力支持、贊助，認為是該做的事。

接著，我再向《華文現代詩》（以下稱本刊）全體同仁說明構想，包含發行人彭正雄、總編輯林錫嘉、副總編曾美霞，以及詩人劉正偉、許其正、莫渝、陳寧貴等，大家都覺得這是很值得做的工作，彭正雄先生更贊助以補不足，大夥於是就開幹了。當然，我更早通知並進行協調的是莊雲惠老師，因為小詩人們全是她的學生，有很多行政工作需要她配合。莊小姐對我們研究和構想甚感意外，她也積極配合，但我認為她做的事深值傳揚和鼓舞。

去年（二〇一五年）十一月十八日中午餐敘，第一次籌備協調會在「彭園」（羅斯福路二段）召開，到有雅文、正雄、錫嘉、雲惠、阿貴、其正、美霞、莫渝和我，大家討論方式、規模、流程等事宜。餐後又到「甘泉」（中正紀念堂）看場地，大家邊喝咖啡邊聊細節。

今年（二〇一六）元月五日中午，在丹堤咖啡南昌店第二次協調會。這次到有雅文、正雄、錫嘉、美霞、雲惠、正偉、其正、阿貴和我。這次討論確定在「丹堤」舉辦詩友會，時間訂在本月廿四日下午二到五時，餐廳和發行由彭發行人負責，詩友會過程串場由錫嘉和雲惠負責（等於男女主持人）。後面的時間，大家分頭準備各項工作，讓「詩友會」順利豐富，產生預期效果。

參、詩友會舉辦經過記實

一個活動要順利舉行，其實有許多細節是「計畫」不到、想不到的。例如，各項資料準備，要分發的書，還有海報設計、報到處工作人員安排等。幸好，彭公和雲惠設想週到，莊老師有多位大孩子詩人來幫忙，才讓詩友會全程順利完成，以下是廿四日下午詩友會過程，簡記各時段節目如下。

2:00-2:30 報到：簽到領取資料，每位小詩人贈送《華文現代詩》第八期和《為播詩種與莊雲惠詩作初探》各一本。

2:30-3:00

①致詞：彭正雄、鄭雅文、林錫嘉和筆者。

②童詩的遊戲：林錫嘉主持。

③詩刊與來賓介紹：林錫嘉主持。

3:00-3:20　詩的呈現方式：曾美霞主持、吟唱，陳孟夏朗誦．

交流　休息　簡餐

3:30-4:10　小詩人朗誦作品：莊雲惠主持

朗誦作品的小詩人有何亞妍（媽媽代）、洪楷崴、莊竣翔、陳侑萱、洪芳妤、胡豐麟、李愷婕、謝瑋麟，朗誦完由筆者和陳寧貴做簡單講評。

4:10-4:30　提問交流：林錫嘉主持。

4:30-5:00　自由聯誼與散會

今天的詩友會參加的小詩人和家長有五十多人，可謂是本刊成立兩年來初試「第三類接觸」，真是「空前盛況」，本刊在社長鄭雅文小姐領銜下，能到的全到了，發行人彭公還跑堂兼打雜，真是感謝大家的配合。更感謝莊雲惠帶著一群可愛的大孩子來幫忙。

肆、檢討、展望、小結

活動在熱鬧、順利與歡喜氣氛中結束，從主辦單位立場仍有不少檢討空間。例如，場地安排、家長接待、節目設計等，也沒能讓每個小詩人盡情發揮，以及是否產生預期詩友交流？都是未來再辦活動可以改善的地方。

這次詩友會主要針對莊雲惠所指導，有作品發表在本刊的小詩人們。但打開本刊各期，其實還有其他「詩的播種者」，以第八期為例，有沙鹿國中學生詩作展（指導老師曾尚尉）；有國立台北教育大學文學獎新詩獎專輯，由劉正偉（本刊編委）、王厚森、蔡富澧三人評審。如此看來，在本刊成長的「詩苗」，就有國小、國中、高中職到大學一系列，本刊也可以說是一個詩的播種者。相較台灣各元老級詩刊，我們這個才兩歲的詩刊算是了不起的壯舉。

吾國詩歌文化，從詩經以來經幾千年發展，早已開枝展葉，這些枝葉又向無限時空延伸，如本刊發表的台語詩、客語詩、原住民詩等，都是枝葉開展的花果之一部份。按目前規模發展下去，不出多久，中國詩歌繁榮的程度，枝葉花果可能蓋住了地球，《華文現代詩》刊是這個文化軟實力的一支微型隊伍。

寫本文時已快到春節，才十多天前的元月十六日，台灣社會上演一幕「不向下植根、不向年輕世代接軌」就被迫下台的悲喜劇。此劇，論證我一向的思索方向是正確的，同仁的付出是值得的。

台北 公館 蟾蜍山萬盛草堂主人

陳福成 誌於 二〇一六年元月底

我所知道王耀東和他的詩

王耀東是誰？我從未見過面，他住山東省濰坊市，我住台灣省台北市，相距幾千公里。我們通過幾封信（手寫。我是不用電腦的人）互送過幾本自己的詩集，我隱居深山寫作，再也不管這荒島上又有幾個「岳飛」被定罪。閒時讀幾首王耀東的詩，現在要寫一篇文章談他的詩，先得簡介其人。

王耀東，原名王德安，一九四〇年出生于山東臨朐縣。半個多世紀來，他專心當一個作家、詩人，詩歌小說等各類作品可謂「不計其數」了，到二〇一四年為止，詩集便有十四部，現在又有一本要出版。對詩有這樣忠誠度和使命感，讓我獻上敬佩，中國詩壇是有前途的。

我雖是一個隱居者，幽居於台灣台北蟾蜍深山，過著種菜種花和寫作的日子，但我依然關心中華民族，以住在台灣的中國人為榮，當然也心繫中國詩壇。長期以來，我斷斷續續閱讀在大陸出版的詩刊、雜詩等，如上海《海上詩刊》、北京《中國文藝》、安陽《秋水》、洛陽《牡丹園》、芮城《鳳梅人》、江蘇《揚子江詩刊》、遼寧《港城詩韵》和《華夏春秋》等。因此，我對現在的中國詩壇（含台灣地區），略有所知，雖有不少「亂象」，整體而言，我是有信心的，如王耀東先生在《王耀東詩文選》（一卷）的後記說：

> 中國目前詩壇的現狀，並不像有些詩評家說的那樣，是一無是處，中國的詩快要完了。我覺得，如果本質上是一個詩人，他不應該屬於誰，屬於那個時代，詩的發展有它自身的規律。我相信，我們曾是盛唐時期的詩國，詩的潛力是非常大的，詩的前景不會從此暗淡下去。中國這塊土地不會愧對祖先，相信會出現無愧於時代，無愧於中國和世界的好詩和詩人。（註一）

長期以來，我隱居邊陲，遠觀並閱讀理解大陸詩壇，亂象雖有，整體看法和王耀東先生同樣。社會上有各種團體，每個地方多少有些問題，難以求其完美，中國人要有志氣。王耀東在那篇後記也提到，我們不要妄自菲薄，不要看不起自己，去獻媚別人，去為洋人的詩做廉價的廣告。應該正視現實，認真對待一些中青年的作品。

確是，五千年文明文化之大國，古來亦有「詩之大國」美名，歷史文化正是詩人的無限泉源，王耀東本質上是一個詩人。這篇短文僅賞析他的兩首我認為很有代表性的詩，〈詩人〉和〈詩香〉。先閱讀前者。

動不動就流淚
動不動就發點牢騷
動不動就說點夢話
整天雲裡霧裡

他心裡裝著真山真水
也裝著天堂地獄

他的眼睛可厲害啦
一下子就能抓住夢的影子

二〇〇七年八月十五日　草成於北京

這首詩寫出了詩人的真性情，「以真為美」是中國詩學的「美感」欣賞中，很突出的觀念。因為詩人的真性情特質，心之所志，必顯於詩，詩人才會「動不動就流淚／動不動就發點牢騷／動不動就說點夢話……」倒未必是流在臉上的淚，詩中有淚有真情。這個「真實」，即文學藝術性情的真，是一切藝術的生命。古人說：「千古文章，傳眞不傳僞」、「詩可數年不作，不可一作不眞」、「詩是心聲，不可違心而出，亦不能違心而出」。（註二）凡此，都是吾國千百年來的詩學傳統，所以也可以說詩人心裡「裝著真山真水」，那是真感情！故「黃河之水天上來」並非虛假！

最後一段，「他的眼睛可厲害啦／一下子就能抓住夢的影子」。這裡詩人發揮了想像力，又善於補捉靈感，才能創作這麼美的句子，想像力是文學的「點金棒」，最近有一部影集《愛因斯坦》，科學家研究愛因斯坦的腦部（至今仍保存完好）五十年，得出一結論，他的聰明主要來自想像力，其次是與生俱有的天才，合二者（想像力、天才）造就成大科學家。可見想像力，不僅是文學詩歌的點金棒，也是科學的點金棒，想像力創發無限靈感。「一下子就能抓住夢的影子」，正是想像力加靈感才能產生的美學效果。賞讀另一首〈詩香〉。

自從李白把月色斟進酒杯

嘔出來的香氣
都凝結為詩

透明的酒
透明的詩
透明的月色
從金字塔看到長城

唐朝一層
宋朝一層
一層層月色
都是永不枯萎的輝煌
忍在詩人的眼裏

怎也抵不過這半懷酒

滴滴都能
看穿雲煙

夢是詩人的驛站
最美的是詩人飲酒的形像

月
是一只會飛的鳥
酒與哪裡最高
詩到哪裡築巢

一九九八年二月十三日初稿
一九九八年十月十二日脫稿北京

自從李白能夠釀酒成詩，他寧願「生前一杯酒，勝過身後千載名」，加上杜甫詩飾說

「**李白斗酒詩千篇**」。從此以後，中國詩人和酒結成「**兩岸一家親**」，詩人和酒就是有血緣關係的一家人，二者須臾不分，分則詩人無詩，或可能也沒有詩人了！

〈詩香〉一詩，即從酒釀而出，全詩各段皆有酒，第三段雖無酒，卻仍有酒香，那一層層月色，還是李白月色酒香的傳承。這裡的詩外意涵，暗射中國詩學文化的傳統，是代代傳承的，新詩和傳統詩詞只是形式規格不同，文學文化命脈則是源遠流長，從未斷過。「**夢是詩人的驛站／最美的是詩人飲酒的形像**」，中國歷代詩人形象皆如是，至於夢是詩人的驛站，夢是一種靈思、靈感的屬性，表示靈感一個接一個，有捕捉不完的詩，如「驛站」，一站接一站，前面還有更多站，這也是一種想像力的發揮。

著名的兩岸的大詩人羅門曾說：「由於詩與一切事物能發生良好的交通，完全是依靠聯想力與想像力。所以詩人必須培養自己有優越與遼闊的想像力，方能使詩在活動中，發揮出同一切往來的無限良好的交通……」（註三）想像力的「鑰匙」到底是什麼？大陸現代詩研究學者陳仲義，研究羅門想像力，主要在放棄對「對象」屬性之間的相似、相近點的尋求（即放棄「近取譬」的聯想），而努力追求事物之間屬性特徵的遠距離差異，進而作出更為「不合法的配偶和離異」（培根詩）。（註四）換言之，就是追求「無理而妙」的邏輯，在擴大分解組合中，創造真實而動人的詩意。

準此而言，「**月／是一只會飛的鳥**」，月和鳥之間有「屬性特徵的遠距離差異」，經詩人想像力加以分解組合，乃創造出更高的美學詩意效果。尤其最後「酒與哪裡最高／詩到哪裡築巢」，讓整首詩更神！更活！詩意象鮮活了起來。

王耀東先生數十年來，已出版詩集十四本，將要出版第十五本。他的詩作可能有千首，我所能讀到也很有限，今從（詩人）和（詩香），就發現他是「本質上的詩人」，吾國詩壇有他，甚幸！

台北市公館蟾蜍山隱居者　萬盛草堂主人
陳福成　誌於二〇一七年五月中

附　註

註一　王耀東，《王耀東詩文選》（一卷）（北京：華齡出版社，二〇一四年元月），頁七七八—七八〇。

註二　陳慶輝，《中國詩學》（台北：文史哲出版社，一九九四年十二月初版），轉引第一章，頁二一一—二一三。

註三　陳仲義，《現代詩技藝透析》（台北：文史哲出版社，二〇〇三年十二月），第八章。

註四　同註三。

賞讀子青新著《當風吹起的時候》詩集

臺南著名的詩人也是聖功女中老師張貴松（子青），幾乎在全臺灣所有詩刊，都很常見他的詩作，包含我唯一參與創刊的《華文現代詩》，因有子青詩而更光彩。他是「稱職」，更是有使命感的作家、詩人。

認識子青兄很多年了，只是極少見面，他在臺南每天被女生包圍著（女中老師），難以脫身。我隱居台北叢林，養豬種菜，遠離濁惡世界，成為「竹林一賢」，讀書寫作，以了殘生。很意外的，我唯一會參加的文藝活動，是由中國文藝協會所辦的文藝節活動。今（二〇一七）年「五四」文藝節，按往例由綠蒂主持「第五十八屆文藝獎章獲獎人」頒獎典禮，子青兄獲頒文學創作獎（新詩類）。可見他在現代詩的經營是很用心用功的。難得在這典禮上碰見子青兄，他光鮮亮麗、英俊年青的身影，正受到文友的祝福，身為朋友的都感到予有榮焉。

子青的詩給人一種很自然的美感，我讀過不少他的作品。例如幾年前出版的詩集，《子青世紀詩選》、《記憶的煙塵》、《詩雨》和詩文合集《寂寞的魚》等。都是溫馨、自然的小品，意象純美，思想意象的表達，也限制在「純文學」領域，不涉客觀世界一切濁惡，「忍不住」碰觸也會很含蓄，以不引爭議為原創，現在我拿到這本新著風格亦如是，他，始終如一。

《當風吹起的時候》（臺北，文史哲出版社，二〇一七年七月），書名就很自然典雅且含蓄。這「風」是甚麼？時勢、政局、潮流、事件……乃至詩人生活中所碰到大小事、人情、關係等，無非都是風。吾人每日過活都在面對無數風起風落中，如何把握自己的心，別被風吹倒，更別被風吹得忽左忽右，還要「取風造詩」，把詩造得美美的。這就不簡單、不容易了，很多詩人都被風吹得東倒西歪，忽左忽右，只怪風太厲害了，詩人很難把持住，但子青顯然無畏於風，堅持當一個純粹的詩人。這是「風力」不夠大嗎？非也！這是詩人有定力。

初略一覽，這本詩集有一百五十多首小品，都從生活中取材，寫的也是個人小世界裡小小的心思感想，真的很生活化。這首同時用於書名的詩〈當風吹起的時候〉，是否有甚麼特別意涵？

不知何時

起伏的心情被裱褙
在梅雨姍姍而來的天空
阿勃勒無畏車潮熙攘的狂囂
依然提著花燈
燦亮已經有些黯淡的日子
這又哭又笑的季節
容易叫人忘了自己
徒留失神的背影蹀躞

窗外雲縷輕颺
載不動那慢活的歲月
欲將心事鋪陳為一首歌
無奈依舊挽留不住逃亡的詩意
節奏不出我們的繾綣
突然翻轉的雲相蘸著幾分的古典

卻容不下彼此眼神邂逅的憂鬱

雨趁機偷襲了思緒
窗情濛濛殘留淚痕幾許
如何能夠向這場季節雨告別
是此刻最大的難題
乍雨還晴的天氣
雖然美麗了這一季
當風吹起的時候
可有你的夢飄進我悠悠的心裡

二〇一四年五月二十日
原載《華文現代詩》第二期，二〇一四年八月

詩的奇妙處在於其多意（義）語言，說山是山，或說山不是山，另有其他更深意涵。

如這首〈當風吹起的時候〉一詩，雖然詩人已很間接、含蓄，可能對於某些不安的事件引起心情低落，依然有淡淡的政治味。「不知何時／起伏的心情被裱褙」，政治是現代社會的「緊箍扣」，有權力念「政治咒」控制這箍的緊鬆，也等於控制（影響）人民的腦袋，只有各國的統治階層，臺灣尤其嚴重。人的情緒隨各黨派的「咒語」而起伏，但詩人ＥＱ很好，把不安的情「裱褙」起來，且如阿勃勒花「燦亮已經有些黯淡的日子」。不論個人小世界或社會大環境，都因政局動亂而黯淡，變得非理性，「這又哭又笑的季節／容易叫人忘了自己／徒留失神的背影蹀躞」。這裡詩人用語清淡，涵意則很重，容易叫人忘了自己即「忘了我是誰？」。民族情感被活生生的割裂，血緣也不承認了，祖宗文化都不要了，很嚴重啊！

第二段詩人很想過平靜慢活的日子，唱歌寫詩，「無奈依舊挽留不住逃亡的詩意」，想好好寫詩而「詩意」卻逃亡，無法構思情境。為何？「突然翻轉的雲相蘸著幾分的古典／卻容不下彼此眼神邂逅的憂鬱」，這寫的正是臺灣社會的現狀，翻雲覆雨，雲相突變，到處對立，誰也容不下誰，詩人寫的含蓄，道出了臺灣社會的真相。

第三段「雨趁機偷襲了思緒／窗情濛濛殘留淚痕幾許」，面對「臺灣問題」，詩人有淡淡的悲情，不知如何解套！「是此刻最大的難題／乍雨還晴的天氣」。這種語言可從政治解，亦可不涉政治解，不論如何解都是難題，風雲皆無常。但詩人總期待是美美的微風細雨，「當風吹起的時候／可有你的夢飄進我悠悠的心裡」，詩人的期待，風不要吹來政治等各類惡夢，而是一個知心人飄入夢中。〈王爺過馬路〉是有趣也有諷諭味的詩。

王爺過馬路，汽機車犯蹕
他老人家徒呼奈何

王爺就要過馬路，
紅綠燈不懂得禮數
為了保命只好乖乖地等候

王爺正在過馬路
違規轉彎的駕駛，瞪了他一眼
根本不知死活的大膽刁民

王爺過了馬路

轉頭瞧了一眼，這些紅塵百姓
深深深深地嘆了一口氣

好久好久不見王爺出巡
某日，聽說有人
在廟裡暴斃

2016 年 1 月 13 日原載於《葡萄園詩刊》第 210 期

凡是住在臺灣的人，大概都能看懂這詩表達的情境和場景。臺灣地區所有寺廟的神明，王爺信仰的比例很高，有各種王爺，如「西秦王爺」正是唐太宗。這些民間信仰，基本上不離中國儒佛道三教之融合而成。詩的前四段都平平，末段讓這首詩產生張力，有了質疑討論的空間。因為王爺是「神」，神為甚麼「暴斃」？就算神死了，也不能叫暴斃，以王爺的地位應該叫「薨」。顯然，出現一些想像解讀空間，看讀者如何發揮！賞讀一首現在大家常見的風景，也是「人人有希望，個個沒把握」的事，〈見外勞扶老者散步〉。

當我老的連走一步都如此艱難的時候
親愛的，請讓我原地站著就好
因為我已踩不動世界的笑容

當我老的連走一步都這樣痛苦的時候
親愛的，請讓我坐著就好
因為風景早已換幕又何須強佔今天的夢境

當我老的連一步都無法成為步伐的時候
親愛的，請讓我倚窗躺臥就好
因為這個姿勢最相似陶潛的模樣

當我老的像極了石雕的時候

親愛的，請讓我選擇自己喜歡的POSE
笑看這一輩子胡塗地活著

二〇一六年五月十六日

子青的詩就是這麼可愛與自然，「白居易式」的語言，讓鄉巴佬也易懂貼心，又方便傳播。自然淺白中又極有哲思。如〈初夏三部曲〉之一的〈現在進行式〉，「生活是那扶不起的落葉／散了就該讓它自由地飛翔」，暗示生活很多起落都讓它緣起緣滅，不要執著的生命觀。但言外之意，似有禮讚三國時代那「扶不起的阿斗」，他能結束自己的政權，「莫為即將結束的季節而心碎……」再按此邏輯衍繹下去，似在為今之臺灣思索一條出路，向阿斗學習獲得和平生存的智慧，不要全島淪入戰火，才是真正救民於水火之道。

總的來看子青這本詩集諸多小品，自然和含蓄是兩大特質，亦是子青詩品一貫風格。司空圖《二十四詩品》之「自然」品曰：「俯拾即是，不取諸鄰。俱道適往，著手成春。如逢花開，如瞻歲新。真與不奪，強得易貧。幽人空山，過雨採蘋。薄言情悟，悠悠天鈞。」凡此，皆生活所見，生命可感，詩人取用醞釀成一首首美美的詩。

司空圖詩品之「含蓄」亦曰：「不著一字，盡得風流。語不涉己，若不堪憂。是有真宰，與之沉浮。如淥滿酒，花時返秋。悠悠空塵，忽忽海漚。淺深聚散，萬取一收。」古今作詩，妙在含蓄無垠，寄託可解不可解之會，想像力亦自然擴張了。

筆者一時不察的寫了一大堆，才想到子青乃中興國文系、高師大和成大中文所碩士，我卻在孔老面前賣文章，關公面前舞弄大刀。我這不成熟的心得報告，還請子青兄糾正指點。

本文發表在《華文現代詩》第十五期，
二〇一七年十一月

《華文現代詩》「點將錄」九冊之簡介

《華文現代詩》「點將錄」九冊，從第一冊《鄭雅文現代詩之佛法衍繹》，完成於二〇一六年九月初。到第九冊《舉起文化使命的火把——彭正雄出版及交流一甲子》，完成於二〇一八年春。總工程時間，大約一年半。

這九巨冊已由文史哲出版社老闆彭正雄先生，統一在今年（二〇一八）八月全部出版面市，數月以來，已有少數文壇詩界朋友看過這一套書，筆者也聽到一些讚嘆之聲，頗感欣慰。在這詩文學式微的年代，紙本書被年輕一代的眼睛丟棄在邊陲，能耳聞一聲讚美，已是一種強大的鼓舞，是人生無可取代的珍貴價值。

為了讓更多的讀者，以最簡單、最短時間，對「點將錄」的每一本，有初步的理解，尤其理解書中主角的核心思維。本刊主編林錫嘉先生，邀筆者針對每一本再寫一篇極短之簡介，方便大家閱讀，這些簡介短文將刊在《華文現代詩》第二十期，筆者欣然應命！

一個天下無敵的殺手，冷血追殺所有的人，追得《華文現代詩》瞬間走到了五週年。這是多麼的不容易。筆者以九冊「點將錄」，禮讚為詩刊出錢出力的人，禮讚一個不大不小的里程碑！

《鄭雅文現代詩之佛法衍繹》簡介——她的詩想之核心思維

本書十二章一百六十一頁，針對鄭雅文小姐的詩進行「衍繹」賞析。或許讀者會問「為何衍繹到佛法？」，相信大家知道詩是一種多義（意）語言，好的詩必有多層次意涵的解讀。鄭雅文的詩衍繹出佛法意涵或概念，是詩語言以外的美感，是她作品的特色，也是她的核心思維。

〈春之語〉詩是「無情」說法；〈一隻小野兔〉詩是對生命的反思，人生學習和修行的領悟；〈小時候〉詩是體現「成住壞空、生住異滅」的無常觀；〈孩子與我〉詩是期許以佛法修習，形成幸福美滿的佛化家庭；〈寧靜午後〉詩有「拈花微笑」之深意；〈月夜小徑〉散發身心靈清淨的境界；〈樂活〉詩彰顯人身難

得，把握修行之美意；〈人生也如茶滋味〉詩開示淡泊、知足和隨緣的人生觀；〈童貞遠離〉詩說「童真」是人的本來面目；〈山居歲月〉是人生精彩動人的一面；〈偶遇〉就是因緣。

佛陀在《金剛經》說：「若人言如來有所說法，即為謗佛，不能解我所說故。」筆者略知佛意，不敢謗佛，只引佛說法的幾個概念，賞讀並衍繹詩人作品。

《林錫嘉現代詩賞析》簡介——俯拾即是、著手成春

本書有十七章二百八十四頁，主要以林錫嘉的四個詩集文本為賞析範圍：《學詩初稿》、《親情詩集》、《竹頭集》、《檸檬綠大錦蛇》。這數百首詩寫些什麼？一言蔽之曰：「生活」。

司空圖《詩品》之〈自然〉一品曰：「俯拾即是，不取諸鄰。俱道適往，著手成春。」全面性的檢視林錫嘉所有現代詩的「提煉法」，大致就是身邊生活範圍內「俯拾即是」，著手成春，從生活中提煉出高品質的詩，在詩中彰顯其思想的高度，是詩人的核心思維。

《學詩初稿》是詩人開始在生活道場上，積極「磨劍」；《親情詩集》當然就是詩寫家庭中，父母夫妻子女的詩化情境，但林錫嘉把親情上升到「長江黃河說我父母語」，這是國家民族的大愛親情；《竹頭集》更有「竹頭木屑」意涵（引《晉書・陶侃傳》），亦將個人親情上升到對祖國之愛。《檸檬綠大錦蛇》詩亦如是，從生活中提煉詩，上升到國家民族的高度。

林錫嘉一手散文，貢獻於我國民革命軍陣營，又一手詩貢獻於國家民族，你是民族作家、愛國詩人！

《現代田園詩人許其正作品研析》簡介──他詩想之核心思維

本書共有二十三章三百九十四頁，是九本「點將錄」最厚的一本。書名取「田園詩人」已經點出詩人作品的核心風格，乃至詩人一生創作的核心路線，加上他的堅持和執著，頗有超越吾國歷史上田園詩人的態勢。

吾國歷史上重要的田園山水詩人，如謝靈運、陶淵明、王維、孟浩然四大家。筆者研究許其正一生創作精

選的近三百首詩，除了可以比美歷史上四大名家，其個人鮮明特色的核心思維極有現代性，在現代詩壇突出鮮明，更是有所超越的。

所謂「有所超越」何在？是詩人堅持田園、自然詩風路線，堅持「一個人，走自己的路／走自己的路／自己獨自一個人」（引許其正詩），走出了「許其正版的薛西弗斯神話」。薛西弗斯永遠到不了山頂，但永不放棄；許其正的田園詩距離詩人的珠穆朗瑪峰「諾貝爾文學獎」，只剩「最後一里路」（許其正於二〇一四年，榮獲國際詩歌翻譯研究中心推薦為諾貝爾文學獎候選人。）

薛西弗斯是確定上不了山頂的，但許其正則還不一定，他今年春秋八十，很難說明年或往後，他可能就到了峰頂，讓陶淵明等四大家跌破了眼鏡！

《莫渝現代詩賞析》簡介——現實主義人文關懷的台灣詩人

本書十四章二百一十五頁，主要略述莫渝的文學之路和現代詩賞析。但莫渝文學範疇廣闊，已成大學中文所研究生的一門課目，我一本拙著也只能在「莫渝文學研究」上，窺豹一斑，開啟「莫渝研究」的窗口。

莫渝一生深耕文學，重要領域有法國、西班牙詩文學、第三世界詩文集、《笠》詩、詩史和散文；現代詩、散文詩、台語詩、本土文學、兒童文學、中國詩人研究。而著力最深大約就是台灣文學，他是苗栗人，為苗栗文化中心策劃「苗栗文學讀本」，做了很多文學推廣工作；由台灣文學館出版的《台灣詩人選集》，莫渝編的就有詹冰、陳秀喜、陳千武、黃騰輝、非馬、朵思、夐虹、杜國清、拾虹、林豐明、蘇紹連、陳坤崙、渡也、李昌憲、林央敏、陳明克、林盛彬。

中國詩人研究也是莫渝耕耘的亮點，吳奔星、于賡虞、金克木、陳敬容、杜運燮、黃永玉、穆木天等大陸詩人作家，莫渝都很有研究，均可詳見各期《華文現代詩》。

如何定位莫渝文學的核心思維？就用他自己的界說，「現實主義人文關懷的台灣詩人」，而從自己、靠自己來深耕台灣文學，應該就是這位台灣詩人心中最大的願力。

《曾美霞現代詩研析》簡介——現代社會兩性關係的詩寫情懷

本書十四章二百三十九頁，研究曾美霞現代詩，主要是她的詩集《山動了》，刊在《華文現代詩》和《秋水詩刊》的作品。常看到他的作品而未見人，幾年沒看到美霞姊了，還真有點想念！

美霞姊的文學創作重要領域有小說、散文和詩三大類，《紅娘》系列電視劇本更曾夯極一時。基本上，她創作的各類作品內容，俱有引領現代社會兩性關係潮流的指標性，即讀她的作品，可以約略把握住現代社會兩性關係的互動現象，乃至把握住一些法則。

美霞姊詩寫現代社會兩性關係的離合掙扎，可謂是一絕（看她小說更精彩、她善於佈外遇奇局）；其次對眾生她有一種悲憫情懷，善於對社會底層弱勢者或怪現狀等，以詩化意境表達，體現詩人對人性、社會的細膩觀察。在台灣詩壇上，她的詩在主題選材、布局、表達，都是極為獨特的詩人。

如何簡單的指出美霞現代詩的核心思維是什麼？應該是不容易的，因為社會思潮多變，誰知道明日社會、兩性關係變成怎樣？但不變的是她的人文關懷和悲憫同情，這樣的精神情境會永遠活在她的詩裡！也活在讀者的心中

《陳寧貴現代詩研究》簡介——詩壇才子、全才詩人

本書十四章二百六十五頁，主要針對陳寧貴的兩本詩集，《劍客》和《商怨》，及發表在《華文現代詩》的詩和文論等，為賞析研究的對象。

整體來看陳寧貴的創作，他在散文、小說和兒童文學的創作量較多，現代詩創作較少，至今只有早期的兩本詩集。但物以稀為貴，好東西都是極稀少的存在，他有些作品被譜成民歌，傳唱一時，有一定的「歷史定位」。例如，〈傘〉和〈居〉詩，由音樂人韓正皓譜曲，李宗盛的木吉他合唱團演唱，羅吉鎮也唱過，這才不久前的事。作品能引起眾多共鳴，與時代脈動接軌，證明詩人的不凡。

就《劍客》和《商怨》作品略要賞讀，詩人頗能從歷史、佛法中取材，詩中蘊涵禪意；經由想像力的幻化創奇，點詩成金；從〈比翼集〉看，阿貴也是多情浪漫的男子，很懂得享受愛情。

近幾年來，陳寧貴在《華文現代詩》發表客語詩、研究羅門、蓉子的文論等，已儼

然是羅門蓉子的研究專家。其文類創作之廣，正如女詩人涂靜怡大姊所稱譽的，「陳寧貴是詩壇才子，能詩能文還能寫評論，是全才詩人。」

《劉正偉現代詩賞析》簡介——情詩王子的愛與詩文學人生

本書分四篇二十章二百七十四頁，主要針對劉正偉的四個詩集文本進行研析：《思憶症》、《遊樂園》、《我曾看見妳眼角的憂傷》、《新詩絕句一百首》。

筆者對這四本詩集三百一十二首詩，進行內涵「普查」，屬於「情詩」有一百零二首。（見該書第一章）在正偉詩創作總量中，情詩比例佔三分之一，所以我定位他是「情詩王子」。從他的詩觀人生觀來理解，「愛與詩」正是他體現人生價值的文學寄託，也是他詩想的核心思維，詩文學也豐富他的人生。

除現代詩創作，正偉也積極於推廣各項文學活動和教育，兼及文論詩史等研究，顯見其對文學之熱情和浪漫。他以敏銳而深刻的觀察，用詩記錄人生，散發光和熱，乃至對客觀萬物的感情投射或生命探索。另有部份作品對社會、政治等反思批判，對鄉土之關懷，基本上

不離他「愛與詩」的人生哲學。

近幾年來，劉正偉始終站在文學舞台的中央，親自舉辦主持文學活動，如推廣寫四行絕句、辦詩獎、到各地講演詩創作；他甚至走出國門，走上國際舞台，傳揚他的「愛與詩」，詩壇一顆巨星正在浮現……

《陳福成著作述評》簡介—他的寫作人生

又要再一次老陳賣瓜，總不能說自己的瓜不甜，那要賣給誰？本書有十六章一附件（年表）二百七十四頁。除第一章和年表是筆者自己整理寫出，其餘各章是海峽兩岸文朋詩友，幾年來對我各類作品之評論文章。也有少許詩友書簡，畫家贈送之國畫書法等，權充一書，以使「點將錄」不缺。

這些針對我各類作品寫出評文的文朋詩友，在台灣的有范揚松、吳明興、方飛白、曾詩文、傅明琪、劉茵、陳寧貴；在大陸有陳才生、王學忠、金土、周興春、海青青、高保國等。不論正負評文，都是各家給我的鼓舞，筆者都謙卑感恩改進。

筆者出身職業軍人，但一生以「寫作人生」自許度日，從寫作過程找尋人生的價值，「我寫故我在、不寫就不在」。是故，至今已出版的著編譯書約有一百二十餘冊，文類大約包括：國防、軍事、戰爭、兵學、政治、歷史、宗教、會黨、國際關係、兩岸關係、文化人類學等；文學類有現代詩、傳統詩、詩史詩社研究、小說、人物傳記、地方誌及其他雜類等。

另有著編十餘冊經教育部核定之大學高中職軍訓教本，教育年輕學子對國家、民族、國防之基本認識，也算寫作人生中意外的價值。雖然軍訓(後改國防通識)課程已經式微，我並不感到傷悲，我清楚明白，沒有任何制度是永久的。一切眾生都不是永久的，在真實世界更沒有所謂「永恆」的神話。僅在文學的理想國和宗教神國裡，有永恆的安慰。

《舉起文化使命的火把》簡介——彭正雄出版及交流一甲子

本書共有十章兩附錄三百零八頁，為九本「點將錄」中唯一本回憶錄體作品，乃完整記錄文史哲出版社老闆彭正雄先生，半個多世紀獻身中華文化典籍出版和兩岸文化交流之春秋大業。

彭正雄先生，除了一甲子文化出版與交流大業，他也是「六一九砲戰」英雄。此源於一九六〇年（民49），六月十八日，美國總統艾森豪訪台，中共為表達抗議，爆發「小金門六一九砲戰」，彭正雄在小金門當兵擔任砲兵連計算手。戰後沈寂數十年，至民國一〇五年立法院通過「六一九砲戰」參戰者，享有「榮民」尊位，他雖只當兩年兵，能取得「英雄認證」，是人生極高之價值。

英雄返鄉，他先在台北學生書局「磨劍」九年，接著創辦「文史哲出版社」，數十年來幾乎以經營慈善機構的方式在經營這家出版社，中國古籍都被他全出版了，達三千多種，幾可等同大集團的出版量。

兩岸文化出版交流，宣揚中華文化，復興中華民族，是彭正雄一生的願力和亮點。近幾年來，春秋已然八十，他把事業交給女兒彭雅雲小姐經營，把餘力貢獻給一個詩刊《華文現代詩》。彭哥，有你真好！

一首詩給我的感動—談采言的詩

「屈原」再世

采言

當「鄉愿」成為
台灣的普世價值
誰敢說真話？
又有誰敢自稱正直？

汨羅江的水悠悠
「屈原」的魂魄
載不動那歷史的

重

無奈的看著
二十一世紀的台灣
仍舊在歷史的業障中
沉淪

濁水溪的水漫漫
「屈原」的孤獨
擔不住這現實的＋
輕

二○一三年十月二日台北藝牙軒，刊《葡萄園》詩刊二○○期。

《華文現代詩刊》在社長鄭雅文小姐大力推動下，終於順利誕生。首期的創刊號，

按主編林錫嘉的預定計畫內容，我受命以「一首詩給我的感動」，針對某一詩人的作品，提供一篇文章（賞讀心得）。

近幾年兩岸現代詩壇討論較多的議題，可能就是「怎樣的詩才叫好詩？」盡管有千家觀點萬種異論，「能感動人」要件有著最多共識。詩，首先要能感人動人，才能與多人產生共鳴。但「感動」有程度差別，眾多詩人在這個問題上犯了最大的錯，是用「二分法」一刀切開，謂好詩能感動（假設可打滿分一百），壞詩不能感動（打零分）。這是很危險的邏輯，若如是，則古今以來沒有一首詩可以打滿分—除了自己作品，天下的詩全打成壞詩，這多麼危險！可怕！

「一首詩給我的感動」，我未選余光中、洛夫，也未寫徐志摩、冰心……而選讀詩壇新人采言這首短詩，便是居於以上理由。余光中等詩作給我的感動或許九十分，采言給我的感動只有八十分；你不能說九十分是感動，八十分就不叫感動。以下略說八十分的感動、共鳴。

第一、形式結構都完整，空間場景的佈局很吸睛，像電影的鏡頭，台灣↓大陸↓台灣↓文化中國意涵。讓讀者眼睛看遠近不同的風景，可謂詩中畫、畫中詩。

第二、時間從幾千年前屈原時代拉到廿一世紀，隨著空間位移，引領讀者走入漫長的歷史文化巨流中，思考詩中的內涵問題，以及文化中國乃至兩岸現況的問題。

第三、這首詩最重要的內涵，最能感人動人的共鳴，在質疑古今以來，為什麼道德價值、忠臣義士經常在流失？導至人性和社會的沉淪。為什麼？人始終不能記取歷史的教訓！今天的台灣又將成為當年的楚國，我們在這裡生活，我們也有責任，我們應有感動、有共鳴，乃至有反省。這首詩在某種程度上，可以打動一些人。

第四、形式和內涵有兩個「視點」，即第二段「**載不動那歷史的／重**」和第四段「**擔不住這現實的／輕**」。形式上產生落差的相對美感，內涵上歷史的重對現實的輕，增強共鳴的力道，讓人有更深入的感動或質疑，那些重為何重？那些輕為何輕？

采言這首詩若要找些毛病，大概是第一段有散文化現象。綜合而言，是一首能感動人、與人產生共鳴，乃至引人反思的詩。（二〇一三年冬）。

采言小檔案：本名游麗玲，筆名采言，現職牙醫專科醫師。她和妹妹狼跋（游秀治），都是「三月詩會」成員。

爲信義學長出版第一本書喝彩

——兼說我和師兄的人生奇緣

信義師兄要出版人生的第一本書，我完全可以同理心的感覺出，他的喜悅和興奮，因為二十年前我出版的第一本書《決戰閏八月：中共武力犯台研究》一書，那種「味道」和「情緒」至今尚在，有時還夯得不得了！

我認識師兄其實不過近十年的事，但那種感覺就好像認識了五十年，或像小時後穿同一條褲子長大的兄弟，通常當小弟的都是穿兄長的舊褲子，這種感覺像啥？說不上來，只能說是奇緣，這奇緣要從我來台灣大學說起！

來臺大並非我生涯中的選項，身為陸軍官校出身的職業軍人，被教育要當「名將」，要率大軍反攻大陸，解救同胞。而我，也真得乖乖的，天真的，為此一理想堅持了將近三十年，直到最後沒機會了，才來臺大當教官等退伍，一生堅持的理想，竟「如夢幻泡影，如露亦如電」，引「金剛經」語。

從臺大退休（伍）後，我另一位很熱心的師兄—俊哥（吳元俊，臺大主任教官退。），在他的積極安排下，我和信義兄都被他拉去參加臺大的退聯會，登山會，聯合辦公室志工。在進而，被他拉去皈依佛光山 星雲大師座下，參加佛光山 每年的佛學夏令營，也成為佛光山台北教師分會會員。多年來信義，俊歌和我都一起參加各項活動，包含近兩年的「全統會」活動。我們三人儼然是人生道上的同行者，同路人，我們是同一掛的！

二〇一〇年十月，我山西芮城的好友，劉焦智先生邀我去參訪，我想一人孤單，當然要和最好的兄弟同行，我乃邀信義和俊歌同行參訪。次年九月二度到芮城，留下許多珍貴美好的回憶。

以上略說我和信義師兄的因由緣起，接下來要說的是，我心中信義師兄的形像，我所認識的

左起：俊歌、信義、和筆者，2010年10月31日，山西芮城。

兄長吳信義。

師兄是政戰十四期，我是陸官四十四期（同政戰廿一期），師兄長我七期。另外，我是政戰政研所七十七年畢業，又多一項同是政戰校友之誼。我總叫他師兄，學長，老大哥。他總是福成，福成的叫我！我對師兄最深刻的感受有五：

第一：師兄的笑話最多，很會講笑話，何種場合講何種笑話，師兄都能把握得宜。任何時候和師兄在一起，都能感受到快樂的氣氛，他常說：給人快樂就是修行。他總用他的方式，帶給身邊的人快樂。

第二：師兄的口頭禪還有慈悲沒有敵人，智慧不起煩惱。他也常以這種心態和朋友們共勉。和師兄相處久了，常聽他這樣說：真的耳濡目染，不學以能。

第三：身段柔軟，平等心，同理心，這三則是師兄很明顯的特質，尤其人有了不小的「官階」後，絕大多數「身段就不一樣了」。師兄是我所見職業軍人，退伍後最能放下身段，最有同理心、平等心的人。

第四：勤於學習和寫作，從多年前開始學國標舞到近幾年來練習寫作，說寫就寫，這須要恆心和毅力，我自己寫一輩子，深知持之以恆的不容易，但師兄做到了。

第五：為人設想和服務的精神，因為有這樣的特質，師兄在很多團體都很有號召力，例如擔任「全統會」秘書長、在國標舞班、政戰校友、臺大志工和退聯會等，師兄隨便一拉，就能拉一大遊覽車去到處玩。

認識信義師兄是我的福氣，從他的行誼讓我學到更多，讓我有所得。孔子有「友直、友諒、友多聞」的警惕，佛陀有「與智者交」的開示。所以，我去大陸定要拉著老哥同行，和他在一起有很多快樂。接下來，我想談談師兄的人生第一本書。

師兄這本書，可以說是他人生數十年經驗，觀察的精華，是從日常生活提煉出來的「晶品」，每回完成一篇，師兄就會傳給眾好友看。例如第一五二篇，「談婆媳關係在現代的蛻變」。價值觀和權力的「掌控者」完全顛倒了，這是無常，也是對現代價值的反思。

第一六九篇講到，「有智慧就可以做出明快的抉擇」，「智慧」是我和師兄相處時，最常聽到他使用的語彙，包含他常說的「智慧

師兄弟三人與眾好友在山西喬家大院，2011年9月14日。

不起煩惱」。確實我未見師兄煩惱甚麼？和他在一起只有快樂！

第一七零篇是很有啟示性的「晶品」。師兄從香蕉，竹子，鮭魚等物種的生命歷程，看到一代代的生長—死亡—又新生的輪迴過程，引領讀者深刻觀察一種自然現象，也告訴我們，要置死生於度外。在第一七一篇裡，師兄回憶民國五十三年高中畢業進軍校，因母早逝，姊代母職，常到姊夫家吃粽子，散發親情的芳香，而更多的是對人有啟蒙，頓悟的金玉良言。而最近一篇—人老了指望誰？—給人很達觀的感覺，其中有幾句：

命是爸媽給的，珍惜點。路是自己走的，小心點。
配偶是自找的，忍著點。朋友是相互的，幫著點。
幸福是感知的，看開點。煩惱是自找的，健忘點。
心態是練就的，平和點。友情是培養的，純潔點。
成功是付出的，努力點。失敗是難免的，寬心點。

某些網路流傳的小品，師兄也 **E-mail** 給我看，例如：一位老人的忠告。「有一首詩：長江後浪推前浪，世間新人趕舊人。攢下黃金幾百斗，臨死不能帶分文。爭名奪利幾十載，一縷輕煙化灰塵。這樣有意義的詩句，有啟示性，如醍醐灌頂的「灌」

入你腦袋，你豈能無感乎？師兄終於要出版人生第一本書，這是他一生的智慧感言，當他的智慧之語，「灌」入更多讀者腦袋中，定會發生更奇妙的作用。我為師兄的新書喝彩，為將可能發生的作用喝彩！

台北公館蟾蜍山萬盛草堂主人陳福成草於二〇一四年七月四日。

在山西芮城,2011 年 9 月 12 日

在山西五臺山，2011 年 9 月 13 日

陸軍官校 44 期畢業 40 年感言

記得才不久前，我寫了一篇散文，刊載在《陸軍官校校友會訊》，第42期（民國95年元月），其主題正是〈抗戰勝利60周年、陸官44期畢業30周年慶：兼寄語兩岸黃埔人共為國家統一而努力〉。

怎麼！現在要寫畢業40周年慶感言！如瞬間般又過了十年，在鐵面無私的時間面前，我一向嚴格要求自己，今年絕不能和去年一樣，十年當然要給自己交出一張滿意而有感可見的成績單，才不辜負過了十年光陰，這是個人的從嚴律己。

對於我期全體同學，依然秉持黃埔精神，我也「從嚴要求」，從嚴提問所有同學並互勉：過去十年同學你做了什麼？是和和十年前一模一樣？我們為國家民族做了什麼？我們以「黃埔人」的身份立場又做了什麼？

這是多麼嚴肅的提問！吾等一輩子以「黃埔人」自命，從年青時代便誓言要「發揚吾校精神」自許，同學們應「不忘初心」，我們當然要以「超高標準」檢視自己，是否對當前的國家處境或民族興盛大業，還有可以盡心盡力的地方？

當然，很多同學會質疑，「我們都退休了，還能幹什麼？」這確實，按我期《陸軍軍官學校第44期畢業同學通信錄》（64年8月）小冊（編號113），本期同學最末一個學號是「44649」黃明正同學，除少數中途離校，畢業者應有六百多人，經過四十年，只剩一個參謀總長嚴德發同學，站在國防軍事的金字塔最頂端，孤單奮戰中，其他所有同學全部「解甲歸田」。部份仍在民間業界工作，多數已在家養老、遊樂等，所以「我們還能幹什麼？」

筆者以為，我們對年青時代立志要完成，而現在仍未完成的「民族復興、國家統一」大業，退休比在職可做的事更多，退休可發揮的空間更大，「軟實力、間接路線」更好麾灑，也更方便。我在〈陸官44期畢業30周年慶〉乙文，有如下論說：

> 這將近百年間，我們黃埔人「祖、父、子、孫」四代在做什麼？我們四代人以「接力賽」的精神，一代接一代的，前仆後繼，視死如歸，午夜思之，我領悟到，四代人做的是「一件事」。那「一件事」？一言以蔽之，曰：「抵

抗外患、民族復興、國家統一」……這「一件事」未完成，那一個黃埔人能放得下一顆心。但畢竟，人生短暫，而民族復興與國家統一大業，常是百年或更長久的一個漸進過程……（詳見《校友會訊》第42期）

換言之，我們年青時代立志要完成的神聖使命，其實是幾代人才能完成，非一代人就能畢其功。所以，同學們都退休了，退休才能發揮「軟實力」（文化、經貿、學術、商旅、文學、藝術、詩歌……等促成兩岸交流，和解，最終達到統一目標。）實際上，我也看到有同學早已在發揮這種軟實力，路復國同學經由同鄉會交流，虞義輝同學透過學術交流，奔走於兩岸，他們「不忘初心」，退休後仍本黃埔人信念，為兩岸交流做出貢獻，真是可敬可佩！期待所有同學、所有黃埔人，能不忘初心，一個人便是一股力量，長江黃河巨浪，也是由很多細流、水滴，一滴滴所造成的。

我再舉一個軟實力的巨大影響力實例。日本從我國明朝就形成「消滅中國、統一日中朝、完成大日本帝國天命」，為完成這個民族天命，日本已發動過三次滅中之戰，分別是明萬歷七年之戰、滿清甲午之戰、民國八年之戰。「第四次消滅中國之戰」，很多兩岸戰略家預估大約二十年後（二〇三五年前後），此事與我同學何干？我要提示的是，這樣的「天命」，要在我國人，早已忘得一乾二淨，但大和民族這四百年來，並未忘記，他們由誰在傳承這樣的天命？誰來啟蒙一代代的人，使天命不忘不斷絕？答案是文化人，民間的作家、詩人、文人、學術人、研究人等等，都不是在朝者，而是在野者。在野，才能發揮軟實力，才更方便靡灑軟實力，確是，真實不虛。

人家在謀計要消滅我們，而我們不僅無感，還在「哈日」，真是怪事，期許我全體同學，我們退休亦不忘初心，經由軟實力來促進兩岸和平交流而至統一，這才是兩岸黃埔人共同的歷史天命。

陸官44期、台北公館蟾蜍山萬盛草堂主人

陳福成　誌於二〇一五年春

綠蒂《四季風華》中的幽雅王國

厚度六百頁，重達近兩公斤的綠蒂詩集《四季風華》，於二〇一三年七月，由普音文化出版面市，這是由《春天記事》、《夏日山城》、《秋光雲影》和《冬雪冰情》四本書的合輯，共有近二百首詩編成一巨冊。

大約八年前，我花過一些功夫細讀深思綠蒂的詩作，發現他的創作風格極有一貫性，始終如一，我稱之「瀟灑公子的唯美風景」，誠如他在《四季風華》的序說，「我窮所有的時光，就是為了構築一座幽雅的詩屋或一座孤寂的城堡，愛與美是磚瓦磐石，音樂與詩是材質與塗料。」又說，「我砌造屬於自己的城堡，城是鴿灰色的方整與牢固，困圍了春風，也困圍了未曾寫就的思念。」

一座屬於自己的城堡，就是一座「獨立王國」，詩人就是國主，而世上各王國都有其固有的歷史文化，綠蒂詩國從他年輕時代的「野風文藝」到現在的《四季風華》，風格內涵始終都是幽雅、孤寂、愛與美。一言蔽之，曰「唯美風景」，所以綠蒂的詩風是始終如一的，這是一座私密性高的城堡，屬於自己的，牢固的，別人不容易進去，只供自己心情安居，遊牧的理想國。

目前綠蒂的城堡尚未完工，尚在「施工」中，「雖然不再期待，但書寫依舊是流動不息的護城河，它讓我在世俗生活中安然去享受孤寂，也在眾聲喧嘩裡得以幽雅地疏離。」世俗生活是殘酷、無常且充溢是非八卦口水，若無相當程度定力、功力和修為，必困死在是非口水洪流而無所作為，故佛陀稱這是一個「五濁世界」。顯然，綠蒂避開五濁世界的傷害，而能「安然去享受孤寂，幽雅地疏離」，他成功的建造了屬於自己的城堡。

進一步要進入這座城堡，欣賞這位瀟灑公子的唯美風景，他善於捕捉客觀世界的景物，幾乎每一首詩都在探索生命中的美景和事務，在他的春、夏、秋、冬四本詩集中，幾無例外，若更深入探索他的風景，為欣賞方便，區分三種「景」。

壹、自然時序循環呈現的景象

如春天、星月、風雪、黃昏、晨光、雲、雨及動植物等，都是感動詩人心弦的自然景象，古今都是詩人創作的好原料，如「床前明月光」，詩人如何「操作」運用這些自然素材，而成唯美詩景：

今年春季
就在這場微雨中草草結束
平鋪在沙塵上的雨痕
是唯一未遺失的情節
……
不網獵驚喜
也不收穫親密

〈春天記事〉部份

我揭開海天一色的書
讀倦了一下午鹹味的風言風語
風翻到那頁，就讀那頁

重複閱讀了十年的故事
依舊是書頁邊模糊的指紋

〈那個午后〉第三段

詩人的春天如「船過水無痕」，如「花叢中裡過，半點不染身」，如此的提得起、放得下。賞過春色，擁有春天，之後便全放下，只留空靈詩意；因為自在，那個午後的風才更顯瀟灑隨性（興）。

貳、地理環境刻劃的景狀

如山水、大地、江河、湖海、冰川、島嶼、飛瀑、懸崖、高峰、深谷，乃至滄海桑田等，場景多元，浪漫唯美。這也表示詩人早已走過幾萬里路（證據在詩中），神州大地世界各國來去多少回了。

峻奇了千年的雲山勝境
登峰抵頂

倦旅的負荷
霧化為山色隱約的鬱綠
來不及訴說江山如畫

〈山水長卷：記遊張家界〉部份

在湖的千島　看千島之湖
是一面面綠的、藍的、或金色的流漾
是一面以水紋與風姿織就的圖案
波光掩映
湖　浸染成深秋的畫卷

〈千島之湖〉第二段

張家界美景不是來不及說，而是說不出來，景景都是峻奇千年的雲山勝景，美不勝收，目不暇接，也就來不及說。張家界詩的末段還有「回首飛逝的青春／如獵鷹俯視追尋／攬山握雲的詩情／落款在山水卷末的／不捨依依／是天地間唯一被遺忘的冷寂」。

顯然詩人對美的追求有迫切感，如他在序中說「自己的老朽會厭倦生命的本身，卻從未厭倦於不息的濤聲和思念」。有點老（詩人長我十歲），創作熱情不減。

參、人文社會創造建立的景觀

如橋、寺、塔、燈火、城鎮、樓台、驛站、廣場、神殿、名勝古蹟等。。這部份是古今詩人常用的題材，原因是有利於彰顯個別文化和文明殊勝之意象。

山風簌簌垂落的
是遠方鄉愁的聲音
回首的暮色
流淌在遠處
模糊又清晰地
逐漸亮起夜初的燈暉
將往事拓印成典雅的紋路
風隨鐘聲夜泊

於和南寺美麗的清寂

〈和南寺鐘聲〉部份

在傳統中國文人詩作裡，以寺入詩有提高境界的作用，詩可以美化寺，寺可以淨化詩的意象，在另一詩〈和南寺的午與夜〉，使詩和寺的融合達到一個清淨空靈的境界，「**也執意不濯洗流浪的行腳／不綰亂那桶水／那桶從一方古月井裡汲來的水／以免踩到月亮／裂碎了古井的心**」。到過和南寺的詩人很多，不一定能捕捉到「淨、靜、空靈」這三種意象。

《四季風華》詩集有近二百首詩，只能從一朵花看天堂式的取樣略說，按我對綠蒂人品詩品的理解，他的四季跑不掉是「瀟灑公子的唯美風景，一座幽雅的城堡」。

臺北　公館　蟾蜍山萬盛草堂主人

本肇居士　誌於二〇一五年三月

二〇二〇年補記：

二〇一九年初，我再利用很多時間，針對綠蒂這一生所有出版過的詩集(約十多本)，進行全面研究。

於十月初版《觀自在綠蒂詩話：無住生詩的漂泊詩人》，由台北文史哲出版社出版發行，本書是我對這位詩壇老友的人生定位。

讀落蒂《靜觀詩海拍天浪》一書之詭論閒說

落蒂《靜觀詩海拍天浪：臺灣新詩人論》一書（以下簡稱《天浪》）於二〇一二年九月由臺北的文史哲出版社發行上市，未見「臺北紙貴」，按我的觀察理解，這是一個地區的文學生命日趣「沙漠化」，加上政府的文化文學政策失誤空談所導至的正常現象。於是，每回我碰到文史哲出版社老闆彭正雄先生，必定聽他大吐心中怨氣，說「現在圖書館都不買書了，連國家圖書館也不買書，年青一代也不讀書……」我碰到的出版商皆如是，余甚為同情！

若說圖書館都不買書，不知我們的圖書館買什麼？難不成買股票、古玩乎？實在叫人難以理解，到底這是「臺灣問題」或「國際問題」？

落蒂這本《天浪》書未形成「臺北紙貴」現象，我尚覺得有兩個「奇怪點」，其一是詩人落蒂兄，他雖尚未到「天王級」詩人，至少也已經是「次天王級」多方位作家，在文壇上極受肯定，只有這種詩壇「強人」才可能在詩海中拍出「天浪」，天大的浪為何沒有造成搶購風潮？有些奇怪不解！

其二更是弔詭，《天浪》一書，是落蒂以身為詩人、詩評家的身份，針對臺灣半個多世紀的當代重量級詩人四十餘家，研究他們的成名經典作品，對每一詩人的詩品價值評論幾乎已是「歷史定論」；其中的天王級詩人如余光中、羅門、蓉子、瘂弦、林煥彰、鄭愁予、綠蒂、張默等（掉了周夢蝶有些意外）。另有次天王級人如大荒、汪啟疆、方明、秦嶽、陳千武、一信、鍾順文、碧果、蘇紹連、錫嘉兄、商禽等，其他詩人也都是當代詩壇一方健將。整本書三百多頁，客觀論述詩壇金字塔的上層叢林生態，雖屬略說，已經每一詩人的成長，詩品特點、價值等都包涵了，這樣的書，理應掀起詩壇「天浪」，創造「臺北紙貴」浪潮，但沒有，甚為奇怪不解！

《天浪》一書評論的四十多家詩人，落蒂以最簡潔的幾個字或一句話，就成為詩人的「歷史定論」，只要看到那句話就知道是誰。如詩壇祭酒余光中論、不盡長江滾滾來羅門論、青鳥殷勤為探看蓉子論、海洋文學的座標汪啟疆論、文學的苦行者陳千武論、靜觀詩海拍天浪瘂弦論、一直在逃亡的詩人商禽等，能化繁盛為極簡是天大的功力，如愛因斯坦把宇宙萬物化成一個簡單公式：$E=MC^2$。落蒂以其簡約筆調，為讀者提出「詩人的宇宙」經典公式，這絕對是先天才情加後天努力加四十年練功，才有的功力。從這本書看出，落蒂在台灣詩壇用功是很深的。

《天浪》一書共點評臺灣當代詩壇金字塔的上層名家四十人，除前面提過還有朵思、趙衛民、洪淑苓、岩上、龔華、張健、吳晟、尹玲、王憲陽、孟樊、羅智成、詹澈、簡政珍、陳克華、陳黎、愚溪、林建隆、隱地、張貴松、林德俊、曾琮琇。以上共四十名家，對於其人，我絕大多數不認識，無私誼，少數有幾面之緣；但說到他們的作品，以我無所不讀的好習慣，不敢說讀遍他們每一家的所有詩作，至少是曾經讀過欣賞過每一詩家宇宙風華之一角落，這是因為我雖愛讀詩寫作，卻不涉足文壇詩界，也不投稿習慣使然。

這四十名家中唯一我敢於說「大話」者，說我對這位詩人詩品均甚了解，且有甚深研究，是老詩人一信先生。二〇一三年七月，《一信詩學研究：解剖一隻九頭詩鵠》由文史哲出版社出版發行，全書十餘萬字，是我對一信先生的詩品長期研究的總結。

落蒂在《天浪》一書中，以〈深情自有一山川：一信論〉乙文評說一信先生的詩作，等於是我那本書的「簡寫」。我像是一個講授天文學的老師，把「一信的詩學宇宙」寫了十多萬字，落蒂則像愛因斯坦，幾百個字就將「一信宇宙」，講得清清楚楚，這正是功力。

落蒂在該書〈出版前言〉一文說，「從他們的作品中吸取營養，可以提升自己創作的高度。」顯然落蒂練的是任我行的「吸星大法」，他已吸得四十名家之大法而成就這本詩壇經典。聰明的讀者們！當你把《靜觀詩海拍天浪》好好看一回，等於吸取四十加一的詩學秘笈，我不敢預測你一定會成為詩壇的東方不敗或任我行，因為要成為什麼，只有自己知道，至少，各大門派不敢輕視你！

臺北 公館 蟾蜍山萬盛草堂主人

本肇居士 誌於二〇一五年三月

現代白居易

──賞讀台客詩集《種詩的人》

「黃昏六老加四」十好友，於今年（二〇一九）九月二十五日，在華國飯店餐敘。席間，著名詩人台客（廖振卿）出示剛出版的詩集《種詩的人──八行詩三百首》（文史哲出版社，二〇一九年九月）。酒酣耳熱之際，不及詳閱即丟入包包。

待回家晚上翻閱，才驚見這三百首詩可謂寫盡三千大世界及人生百態。而且在詩的技巧表現上，可以「現代白居易」形容，明朗易懂而又涵富意境，多數詩作有多層歧義詮釋。此書，體現台客深耕現代詩數十年之功力，讓我有好好寫一篇賞讀心得的衝動。《種詩的人》一書分六輯，以下按各輯簡述之。

輯一〈種詩的人〉

「種詩的人」，此一構句極為突出、鮮明，意涵深厚，引人反思，詩是用「種」的嗎？有如種樹種花一般。這輯共有五十首詩，賞讀第一首〈種詩的人〉：

> 日日殷勤的播種／夜夜不停的抓害除蟲／年復一年／累積了太多疲勞／／如今老矣／眼看詩筆都要拿不動／檢視行囊收穫稀疏／更難與永恆拔河

暗示詩人深耕詩壇一輩子，到了黃昏歲月，眼看著快要拿不動筆了，清點一下成果仍「收穫稀疏」。這是詩人的含蓄，實則台客至今在詩、散文、詩論等各類作品，已出版十數本，算得上是多產作家。

但這首詩在畫龍點睛處，是最後一行「更難與永恆拔河」！詩人創作的宗旨大致可謂與永恆拔河，更廣義講大家都在和永恆拔河，希望勝過永恆。年輕時壯志凌雲，理想比天高，到了有點年紀，才會看清世間的真相，宇宙沒有什麼是永恆的。賞讀〈歷史〉：

> 一個時光的地底坑洞／好幽深好幽深／丟一顆石子下去／久久久久不見回音／／持火把進去探險／遠方不時傳來／人馬雜沓竊竊私語聲／軍隊交戰凶凶喊殺聲

把人類歷史形容成一個「無底洞」，很奇詭、很新鮮，意象鮮明而有點可怖，但很合事實，可以給人很多想像。第二段進一步把歷史看個明白，其實只是徵候判斷，歷史充滿「竊竊私語聲」，表示歷史很多都是私下交易，不能公開的事、見不得人的事，而戰爭、古今中外的歷史充滿戰爭的陰影。賞讀〈兩岸〉：

一道淺淺的海峽／隔開了你我／一道窄窄的海峽／劃分了界限／／但隔不開的是／濃濃的血緣關係／無法劃分的是／媽祖關公的信仰

讀這首詩時，正好看到報紙上有人提請政府要恢復祭孔。因為當今政府正搞「去中國化」，不擇手段要清除掉台灣人的「中國基因」，這些年來，「去孔化」、「去鄭成功化」、「去媽祖化」、「去孫中山化」、「去蔣化」……到了可怕、魔鬼的地步！

文化、血緣關係，可以斷得乾乾淨淨嗎？兩岸共同的民間信仰能斷嗎？台灣各廟宇諸神每年都要回大陸參拜祖廟……兩岸終局的答案很清楚。而終局之前，難免有些邪魔歪道，如〈太陽花〉：

有著太陽一樣美麗的花朵／太陽花站在花田裡／吸引無數人類前來／駐足觀賞拍照讚美／／而可嘆呀可嘆／如今你竟成另一種貶意詞／只因一群投機暴力份子／用你的名搞禍國殃民之事

一種是自然界真誠又美麗的太陽花，一種是人為邪惡又禍國殃民的太陽花，以後的歷史將如記錄西洋史的中世紀，以「黑暗時代」名之。因為「太陽花學運」之禍害，恐會影響兩岸數十年，禍國殃民，邪惡！罪惡！

誰說詩人手無寸鐵，手無縛雞之力，台客以筆為劍，斬妖除魔，力道不亞於任何熱兵器（現代武器）。此詩必將穿透歷史、穿透時空，定位「太陽花」於邪惡面。

輯二〈世界采風〉

這輯有五十五首詩，書寫詩人遊走世界各國各地區之風景名勝，或對某一國度人民的印象。乃至馬雅文明、金字塔等，都是筆下風采！限篇幅僅舉三首。賞讀〈美國〉：

以星條為旗的國家／以老鷹為代表的民族／自許為地球老大／老愛扮演世界警察／／從亞洲管到歐洲／從歐洲管到非洲／有時在別人前門開砲／有時在別人後院放火

這正是現在美國人的寫照，很多人可能不知道，「伊斯蘭國」和歐洲千萬難民問題，都是美國入侵伊拉克和敍利亞製造出來的。但說到世界問題的根本，出在「美式民主」和「資本主義」，打開了「潘朵拉」的盒子。「地球第六次大滅絕」加速來到，就是人類最後結局，無解且不可逆，因潘朵拉已經解放了。這個問題須專文解釋，本文不詳述。

賞讀〈日本〉：

以太陽為國旗的國家／女生愛穿和服的民族／人民謙恭有禮／見到人就打躬作揖／／但怎能忘記／它的鐵蹄曾經伸進不少鄰國／踩死了成千上萬無辜／那些刺刀猶閃亮在時空記憶

詩點出一個世界的「千古謎題」，謙恭有禮的倭人怎會數百年來不斷侵略鄰國？四百多年來發動三次大型「滅華之戰」。倭族人自古有強烈的「亡國感」，地震、海嘯和國土狹小是主因。因此，四百年前，他們的政治狂人豐臣秀吉訂下「大和民族之天命」，要「消滅中國、統一亞洲」，侵略鄰國乃成為每一代倭人之「天命」。

很多中國人不知道這個可怕的鄰邦，筆者乃出版「中國人之天命」一書，《日本問題的終極處理：廿一世紀中國人的天命與扶桑省建設綱要》（文史哲出版社，二〇一三年七月）。此書，主張本世紀內收服倭國，改中國扶桑省，完成我國在元朝未完之使命。賞讀〈天空之城〉：

隱藏在雲霧中／迷一樣的城市／巨石如何切割搬運／為何要蓋在雲端上？／／
歷經多少世紀的滄桑／馬丘，如今已成觀光聖地／在南美安地斯山脈／驕傲的悲
哀的佇立

對南美印加帝國如何滅亡不知者，便不能理解這首詩，為何要蓋在雲端？為何又「悲哀的佇立」？惟詳情可見筆者《印加最後的獨白》一書，文史哲出版社出版中（二〇二〇年六月出版）。

簡言之，一五三二年（明嘉靖十一年）十一月十六日，約午後到黃昏，西班牙的大屠夫皮薩羅，率領含他共一六八個流氓，以現代武器對印加帝國君臣大屠殺，次年吊死國王阿塔瓦爾帕，印加滅亡，被屠殺的原因，是印加臣民不肯改信基督教。

印加主要在今之祕魯，現在祕魯的統治階層和上層社會都是兇手後裔，印加子孫仍過著苦日子，世上悲哀之事，莫此為甚。觀光客會思考這些問題嗎？詩人會。

輯三〈動物植物〉

這輯有五十首，世間稀奇動植物都在筆下活了。神豬、熊貓、恐龍、浮萍、龍……賞讀有趣的三首。〈老虎〉：

牠是一隻老虎／在山林裡稱王／哪隻動物見了牠不顫抖／趕緊溜之大吉／／她
也是一隻老虎／在家庭中稱霸／老公子女見了她誰不怕／默默走離無言抗議

兩種老虎，淺顯易懂，警示那在家中稱霸的「老虎」，可能要面臨「夫離子散」的困局，應早早回頭！畢竟女人總要像個女人，何必使自己像老虎。話說回來，會成為家中老虎的女人，通常已是習性和悟性不足使然，不可能改了，就當一輩子「母老虎」吧！

賞讀〈看門狗〉：

牠是一隻看門狗／齜牙咧嘴／見人就吠／博得主人的讚賞／／它也是一隻看門狗／幫主人狂吠對手／山姆主人有時丟點飼料／還要不停叩頭

這是一首譏諷痛快的詩，但也需要一點國際關係常識，才能深刻理解詩之內涵。第一段是正常真正的一隻看門狗，牠很負責任執行自己的天職，是一隻值得被讚美的狗，好狗狗！

第二段大家都知道罵人的，只是「山姆主人」是誰？知者應該是不多。一般稱「山姆」是指美國人，聽命於美國的都是看門狗，日本、台灣、南韓等都是。地球叢林只要是「大哥級」，都會有看門狗，此詩道出叢林真相。賞讀〈椰子樹〉：

高高的站立在路旁／忠心的守護於南方／這些長腿帥哥／微風中親切向人招手／／走累了嗎？渴了嗎？／來來來，人客／到我的頂樓去／那兒有津液的解渴首段把椰子樹擬人化是常見的手法，次段這位南方的「長腿帥哥」是非常好客有禮的，只要見到疲憊旅人經過，即會殷勤的打招呼，請大家爬樓梯到它的頂端去，採摘成熟的椰子津液以解渴！

輯四〈大自然頌〉

本輯有五十首詩，選三首頗能體現詩人的生命哲學，也甚有理趣的作品，亦頗能和讀者共鳴、共勉，有這種作用（功能）的詩，就算好詩。賞讀〈煙火〉：

我的生命就是往上衝／衝入最深最冷的夜空／然後爆炸，黑暗中／爆一朵朵希望之火花／／即使是短暫的燦爛／我也不後悔／即使摔得粉身碎骨／我也不流淚

以煙火擬人化比喻人生歷程，極為貼切，煙火從升空到結束才幾十秒。但人生如白駒過隙，就更短暫了，吾人也常說人生苦短，所以要追尋快樂。

但詩之旨意，在比喻人生如煙火，有兩個意涵。一者人生要不斷向上提昇，向上衝！

不可沈落乃至沈淪；再者生命要能發光發熱，就算短暫的光熱也好，有光熱才能給人溫暖。沒有這兩個意涵，生命失去意義，人生的價值也減損很多。賞讀〈泥土〉：

任人踐踏任人蹂躪／您恒默默／只要對您有一絲善意／您恒報答以鮮花或果實／／母親般的泥土呀／百年之後／我們都將躺入您的懷裡／默默安息

第一段讚嘆大地的大公無私，默默承載一切，不論人們如何對待大地，大地都回報以好處。這也在暗示我們為人要向大地學習，勇於承擔，永遠以善意回報一切，人能做到這個程度，離聖人就不遠了。

第二段詩鋒一轉，以母親形容大地，很溫馨貼切，孩子只要躺在母親懷裡就安心了。以此比喻，百年後入土為安，就如同躺在媽媽懷裡，這個意象也暗示生死都是自然現象，不足為憂，以平常心看待生命的結束。賞讀〈墳墓〉：

你躺你的／我睡我的／在寂寞荒山頂上／這是人生最後歸宿／／沉悶了一整年／難得有人到訪／啊啊！一大堆徒子徒孫／在我門前開起同樂會

詼諧之作，有點對死亡的謔浪笑傲，把死亡看成很平常的事，毫無一點恐懼。「你躺你的／我睡我的」，多麼自在，這需要有修行功力才行，可見詩人的人生修煉有一定的高度，才能「觀」死「自在」！

詩鋒一轉，墳墓裡的死人發現墓前熱鬧起來了，原來是子孫來掃墓〈開同樂會〉。台客詩作技巧上善於「物化」，寫動物詩人化成動物，寫死人詩人化成死人，又使死人變活人，其實都是詩人在說話。

輯五〈生活日常〉

本輯有六十五首好詩，大凡人倫、人際關係，生活所碰食衣住行，社會經濟等民間活動，人生會遇到用到事物均在筆下活現。僅舉三首賞讀。〈納骨塔〉：

那麼多的靈魂／擠住在這棟小小塔屋裡／寂靜寂靜寂靜，它們／整日默默地休息休息休息／／塔外春去秋來風風雨雨／塔外鳥語花香歡樂人間／那些都與我們無關／那些對我們都已毫無意義可能是詩人台客已近七十大壽，整本詩集出現不少和死亡相關的作品，更多的是思考人生意義和生命價值的作品。試圖經由與死亡相關事物，詮釋自己的人生哲學，如這首〈納骨塔〉，詩人又化成死人，表達人間一切已和他們無關，似乎在說人死後一了百了。

從詩看人，也大致判斷詩人沒有宗教信仰。世上幾種主流宗教（佛教、道教、天主、回教、天帝教），不會認為生命結束後，這個世界對死者就完全無意義了，這說來話長，不在此述。賞讀〈相簿〉：

> 收藏歡聲笑影／收藏往事如煙／那些人那些事／依稀在腦海中盤旋／／不敢打開不敢翻閱／回不去的時光／回不去的人影／我趴在相簿裡痛哭

我敢打賭，多數上年紀的人有這首詩的情境經驗，或許你沒有嚴重到「趴在相簿裡痛哭」，但一定有濃濃的感傷。想到珍藏一輩子幾大本幾千張照片，你兩腿一蹬，全都成了垃圾，焚化爐是唯一歸宿。

筆者早在十五年前想到這問題，決心好好處理我的數千張照片，讓他們永久典藏在大學圖書館。方法把照片放在書上，或以照片提詩，如四百張照片配合四百首短詩成一本詩集等均可，如是圖書館才有典藏途徑。把事情處理好了，你便不需趴在相簿裡痛哭。

賞讀〈掛鐘〉：

掛在牆壁上／它的長短指針／不停的跳動／不停的旋轉／／好像時時對我說／台客先生要把握／餘命不多不多了／莫磋跎莫磋跎

顯然，詩人對「餘命不多」有迫切感，警惕自己要珍惜每一分鐘。何謂「餘命」？按台灣地區男性平均壽命是七十八歲強，女性是八十二歲強，若某男生七十歲，則餘命剩下八年左右可活。說長不長，說短不短，亦可謂白駒過隙，讓人百感焦慮！

面對餘命（或生死問題），是否焦慮或持何種心態？端視人的修行境界或宗教信仰程度而定。就筆者而言，身為正信佛教徒，完全依佛法看宇宙萬象，人的生命多少是累世的「業」而定，任何時候走人都「業」的結果，都是正常，故不需憂慮，隨業而行，隨業來去！

輯六〈瑜你同在〉

這輯三十首，寫的是有關韓國瑜。如瑜你同在、高雄發大財、穿雲箭、韓流、庶民的力量、韓家軍、黑韓產業鏈、草包、三山、土包子、貪食蛇、佳芬加分、韓冰、國旗女孩、強強滾、他奶奶的、佛光山……僅舉三首賞讀之。〈韓流〉：

因民怨而生／因民怨長大／當韓流來襲／比任何颱風都可怕／／看，滾滾紅潮輾過／綠色植株無一倖存／藍天再現／人民重展笑顏

就像李白的〈靜夜思〉，或白居易的作品，鄉下不識字的阿公阿婆，唸給他們聽，他們也會懂得詩意在說什麼。此詩唯一要顧慮是「颱風」比喻，因為颱風意象通常是對人有害的，可能奪人生命財產，而「韓流」屬性是對人有益，可以保護人民生命財產。

賞讀〈庶民的力量〉：

不需動員／沒有號召／只為一個理念／他們來們四面八方／／一個小小的廣場

／擠滿密密麻麻的螞蟻雄兵／螞蟻可以扳倒大象／啊啊可怕！庶民的力量

庶民的力量，就是我國古代常說的「民心向背」，得民心者得天下，失民心者失天下。看古裝劇如《三國》，就會感覺到各政權都在爭取民心，爭取全中國多數民心，而不是某一小地區民心。當然縣長要爭取一縣之民心，村長也要爭取一村之民心，這便是庶民的力量。

韓流之能獲得庶民支持，主要還是當今政府搞台獨，將把台灣帶入戰火和貧窮，「去中國化」成為漢奸政權。因而，韓國瑜的「台灣安全、人民有錢」才廣獲支持，這也是簡單的牛頓定律。賞讀〈強強滾〉：

曾是綠營戰將／選戰車上的第一麥手／能言善道，一出場／煽動語言捲起千堆雪／／如今卻成韓家軍鐵衛／何以至此？且聽他說：／歹丸人民站出來／快用選票來制裁……

台獨偽政權執政以來，不擇手段的搞「去中國化」，幾乎要向美、日一邊倒，要把台灣重新搞回日本殖民地，以倭國為母國，真是漢奸心態到了極點；不然就企圖認美帝為爹，把台灣搞成美國的一州，真是賣台到了極點。終於有深綠的人馬覺悟了，會有更多綠色人省悟變藍色人，天地都變藍了！

總結台客《種詩的人——八行詩三百首》，在詩學技巧上，最大的特色是把握二分法的思維邏輯。二分法是所有藝術領域（文學、戲劇、電影等，凡以聲、光、影像、文字表現的藝術）最常用方法，二分法擴大落差距離，產生強大衝擊力，震撼人之心弦。在這本詩集的三百首詩，大多呈現二分法技巧的成熟運用，體現台客深耕現代詩數十年的功力。

台客詩作的特色是平易近人，筆者也一向主張詩要讓人懂，越多人懂越能流傳普遍而久遠，寫作本來就是要給人看、給人懂，不然寫了何用？

詩壇上有一派，認為詩不必要給人懂，所以他們發表的作品無人能知其詩意，甚至自己所寫隔日也不懂了。甚至有說，詩壇上沒有一人讀得懂，就是大師了！

其實歷史早有定論，李白、白居易詩作，因其平易近人，大家都懂，所以能流傳千年，他們才是真正的大師。我說台客是「現代白居易」，至於他是不是大師，由未來歷史去決定！

陳福成著作全編總目

39. 在「鳳梅人」小橋上
40. 我所知道的孫大公
41. 為中華民族的生存發展進百書疏
42. 金秋六人行
43. 漸凍勇士陳宏

捌、小說、翻譯小說

44. 迷情・奇謀・輪迴、
45. 愛倫坡恐怖推理小說

玖、散文、論文、雜記、詩遊記、人生小品

46. 一個軍校生的台大閒情
47. 古道・秋風・瘦筆
48. 頓悟學習
49. 春秋正義
50. 公主與王子的夢幻、
51. 洄游的鮭魚
52. 男人和女人的情話真話
53. 臺灣邊陲之美
54. 最自在的彩霞
55. 梁又平事件後

拾、回憶錄體

56. 五十不惑
57. 我的革命檔案
58. 台大教官興衰錄
59. 迷航記、
60. 最後一代書寫的身影
61. 我這輩子幹了什麼好事
62. 那些年我們是這樣寫情書的
63. 那些年我們是這樣談戀愛的
64. 臺灣大學退休人員聯誼會第九屆
理事長記實

拾壹、兵學、戰爭

65. 子實戰經驗研究
66. 第四波戰爭開山鼻祖賓拉登

拾貳、政治研究

67. 政治學方法論概說
68. 西洋政治思想史概述
69. 中國全民民主統一會北京行
70. 尋找理想國：中國式民主政治研究要綱

拾參、中國命運、喚醒國魂

71. 大浩劫後：日本 311 天譴說
72. 日本問題的終極處理
73. 台大逸仙學會

拾肆、地方誌、地區研究

74. 台北公館台大地區考古・導覽
75. 台北的前世今生
76. 台北公館地區開發史

拾伍、其他

77. 英文單字研究
78. 與君賞玩天地寬（文友評論）
79. 非常傳銷學
80. 新領導與管理實務

2015 年 9 月後新著

編號	書　　　　名	出版社	出版時間	定價	字數（萬）	內容性質
81	一隻菜鳥的學佛初認識	文史哲	2015.09	460	12	學佛心得
82	海青青的天空	文史哲	2015.09	250	6	現代詩評
83	為播詩種與莊雲惠詩作初探	文史哲	2015.11	280	5	童詩、現代詩評
84	世界洪門歷史文化協會論壇	文史哲	2016.01	280	6	洪門活動紀錄
85	三搞統一：解剖共產黨、國民黨、民進黨怎樣搞統一	文史哲	2016.03	420	13	政治、統一
86	緣來艱辛非尋常－賞讀范揚松仿古體詩稿	文史哲	2016.04	400	9	詩、文學
87	大兵法家范蠡研究－商聖財神陶朱公傳奇	文史哲	2016.06	280	8	范蠡研究
88	典藏斷滅的文明：最後一代書寫身影的告別紀念	文史哲	2016.08	450	8	各種手稿
89	葉莎現代詩研究欣賞：靈山一朵花的美感	文史哲	2016.08	220	6	現代詩評
90	臺灣大學退休人員聯誼會第十屆理事長實記暨2015～2016 重要事件簿	文史哲	2016.04	400	8	日記
91	我與當代中國大學圖書館的因緣	文史哲	2017.04	300	5	紀念狀
92	廣西參訪遊記（編著）	文史哲	2016.10	300	6	詩、遊記
93	中國鄉土詩人金土作品研究	文史哲	2017.12	420	11	文學研究
94	暇豫翻翻《揚子江》詩刊：蟾蜍山麓讀書瑣記	文史哲	2018.02	320	7	文學研究
95	我讀上海《海上詩刊》：中國歷史園林豫園詩話瑣記	文史哲	2018.03	320	6	文學研究
96	天帝教第二人間使命：上帝加持中國統一之努力	文史哲	2018.03	460	13	宗教
97	范蠡致富研究與學習：商聖財神之實務與操作	文史哲	2018.06	280	8	文學研究
98	光陰簡史：我的影像回憶錄現代詩集	文史哲	2018.07	360	6	詩、文學
99	光陰考古學：失落圖像考古現代詩集	文史哲	2018.08	460	7	詩、文學
100	鄭雅文現代詩之佛法衍繹	文史哲	2018.08	240	6	文學研究
101	林錫嘉現代詩賞析	文史哲	2018.08	420	10	文學研究
102	現代田園詩人許其正作品研析	文史哲	2018.08	520	12	文學研究
103	莫渝現代詩賞析	文史哲	2018.08	320	7	文學研究
104	陳寧貴現代詩研究	文史哲	2018.08	380	9	文學研究
105	曾美霞現代詩研析	文史哲	2018.08	360	7	文學研究
106	劉正偉現代詩賞析	文史哲	2018.08	400	9	文學研究
107	陳福成著作述評：他的寫作人生	文史哲	2018.08	420	9	文學研究
108	舉起文化使命的火把：彭正雄出版及交流一甲子	文史哲	2018.08	480	9	文學研究
109	我讀北京《黃埔》雜誌的筆記	文史哲	2018.10	400	9	文學研究
110	北京天津廊坊參訪紀實	文史哲	2019.12	420	8	遊記
111	觀自在綠蒂詩話：無住生詩的漂泊詩人	文史哲	2019.12	420	14	文學研究

112	走過這一世的證據：影像回顧現代詩集	文史哲	2020.06	580	6	詩、文學
113	這一是我們同路的證據：影像回顧現代詩題集	文史哲	2020.06	540	6	詩、文學
114	感動世界：感動三界故事詩集	文史哲	2020.06	360	4	詩、文學
115	印加最後的獨白：蟾蜍山萬盛草齋詩稿	文史哲	2020.06	400	5	詩、文學

陳福成國防通識課程著編及其他作品

（各級學校教科書及其他）

編號	書　　　　　名	出版社	教育部審定
1	國家安全概論（大學院校用）	幼　獅	民國 86 年
2	國家安全概述（高中職、專科用）	幼　獅	民國 86 年
3	國家安全概論（台灣大學專用書）	台　大	（臺大不送審）
4	軍事研究（大專院校用）	全　華	民國 95 年
5	國防通識（第一冊、高中學生用）	龍　騰	民國 94 年課程要綱
6	國防通識（第二冊、高中學生用）	龍　騰	同
7	國防通識（第三冊、高中學生用）	龍　騰	同
8	國防通識（第四冊、高中學生用）	龍　騰	同
9	國防通識（第一冊、教師專用）	龍　騰	同
10	國防通識（第二冊、教師專用）	龍　騰	同
11	國防通識（第三冊、教師專用）	龍　騰	同
12	國防通識（第四冊、教師專用）	龍　騰	同
13	臺灣大學退休人員聯誼會會務通訊	文史哲	
14	把腳印典藏在雲端：三月詩會詩人手稿詩	文史哲	
15	留住末代書寫的身影：三月詩會詩人往來書簡殘存集	文史哲	
16	三世因緣：書畫芳香幾世情	文史哲	

註：以上除編號 4，餘均非賣品，編號 4 至 12 均合著。
　　編號 13　定價 1000 元。

235 2015年9月後新書